Emmanuèle Bernheim

Der rote Rock

Roman
Aus dem Französischen
übersetzt von Verena Nolte

Klett-Cotta

Das war's. Es blieb nichts mehr zu tun. Alles war verpackt. Die kahlen Wände und die übereinandergestapelten Kartons ließen die beiden Zimmer noch kleiner erscheinen und die Decke niedriger. Wie hatte sie so lange mit so wenig Platz existieren können?

Laure ließ sich aufs Bett fallen. »Plang« machte die Matratze. Sie lächelte. Schon morgen würde sie in einem Bett schlafen, das keine Geräusche von sich gab. Das Bett von François. Nie wieder würde sie den Ton dieser gesprungenen Federn hören.

Sie stand auf, ließ sich wieder zurückfallen.

»Plang«.

Mehrmals. »Plang, plang, plang«.

Dieses Bett hatte sie von ihrem ersten selbstverdienten Geld gekauft.

Es war erst sieben Uhr, und sie war schon hungrig. Sie hätte die Einladung von Marie und Bernard besser nicht annehmen sollen. Bei ihnen wurde spät zu Abend gegessen, es dauerte, bis die Kinder ins Bett gebracht waren, und es gab wenig, denn Marie war dabei abzunehmen.

François weigerte sich immer hinzugehen.

Und wenn sie absagte? Wo sie doch morgen umzog. Sie würden Verständnis haben.

Laure griff zum Telefon. Kein Freizeichen. Sie hatte es abgemeldet.
Sie seufzte. Sie würde zu Marie und Bernard gehen. Aber sie würde früh zurückkommen. Am Morgen würden die Möbelpacker um acht Uhr da sein.
Vom Kopf bis zu den Zehen war sie mit Staub bedeckt.
Sie nahm ein Bad und wusch sich die Haare.
Ihr Fön war in irgendeinem Karton, unmöglich sich zu erinnern in welchem. Egal, sie würde eben mit nassem Haar gehen. Sie würde sich nicht erkälten, das wußte sie mit Gewißheit. Nicht diesen Abend, nicht einen Tag vor ihrem Umzug zu François.
Sie stieg die sechs Stockwerke hinunter. Morgen würde Schluß mit den Treppen sein. Bei François gab es einen Aufzug.
Die schwere Eingangstür des Wohnhauses fiel hinter ihr ins Schloß.
Laure blieb auf dem Trottoir stehen.
Sie richtete den Blick auf die beiden Fenster ganz oben. Ihr Zuhause.
Seit acht Jahren und für eine letzte Nacht war das ihr Zuhause.

Sie nieste. Es war kalt. Sie lief zum Auto.
Sie machte den Motor an, fuhr aber nicht los. Sie stellte die Heizung auf die höchste Stufe und wartete. Sobald die Luft heiß kam, hielt sie den Kopf vor das Gebläse.
Nach und nach trocknete ihr Haar.
Von der Wärme wurde ihr langsam übel. Sie lehnte sich zurück.
Sie stieß einen Schrei aus. Hinter der Autotür auf ihrer Seite tauchte ein Mann auf, ganz dicht neben ihr, und seine Hände bewegten sich. Eine Hand klopfte an die Scheibe, die andere forderte sie auf, die Scheibe herunterzulassen. Bleiche, rissige Hände. Laure verriegelte die Tür. Die beiden Hände fielen wieder herunter. Der Mann entfernte sich von ihrem Auto. Sie fuhr los.
Kurz danach war sie gezwungen anzuhalten. Eine rote Ampel.
Sie sah in den Rückspiegel. Der Mann kam auf sie zu. Er folgte ihr. Er ging ohne Eile, die Hände in den Taschen.
Die Ampel war noch immer auf Rot. Der Mann kam näher. Jetzt rannte er fast. Vor ihr ein Auto, neben ihr eines, sie konnte nicht ausweichen. Und diese endlos rote Ampel.

Sie drehte sich um. Der Mann war jetzt auf einer Höhe mit dem Auto hinter ihr. Laure schloß die Augen. Die rissige Hand würde an ihre Scheibe klopfen. Sie glaubte sie schon zu hören. Es gab ein heftiges Hupen. Sie öffnete die Augen. Die Ampel zeigte grün. Der Mann war verschwunden.

Als sie der Wagen hinter ihr überholte, sah Laure ihn. Er saß neben dem Fahrer. Es blieb ihr keine Zeit, sein Gesicht näher zu betrachten, doch schien es ihr, als lächelte er in ihre Richtung. Sie hielt auf der Parkspur an. Ihre Hände zitterten.

Wahrscheinlich waren es die beiden Kartons auf dem Rücksitz, die den Mann angezogen hatten, denn auf ihnen leuchtete in großen roten Buchstaben die Marke einer bekannten Videofirma.

Der eine enthielt jedoch nur Bücher, die sie verkaufen wollte, der andere alte Sachen für die Kleidersammlung.

Gleich morgen würde sie sich von ihnen befreien.

Wenige Meter entfernt gab es eine Telefonzelle.

Sie hatte Lust, François anzurufen, seine Stimme zu hören. Doch um diese Uhrzeit würde sie ihn nicht erreichen können. Er saß wahrscheinlich in einer Konferenz.

Laure stellte das Autoradio an. Sie atmete tief durch. Die Autotüren waren verriegelt. Es konnte ihr nichts passieren. Es war ziemlich warm. Sie hörte Musik.
Es war Freitag, und sie ging zu Freunden essen. Und morgen würde sie zum erstenmal mit jemandem zusammenleben. Sie stellte das Radio lauter. Ihre Hände zitterten nicht mehr. Sie fuhr wieder los.
Sie hätte nicht diesen Weg nehmen sollen. Der Verkehr war ganz und gar blockiert. Laure zuckte mit den Schultern. Sie hatte es nicht eilig, zu Marie und Bernard zu kommen. Und schließlich profitierte sie durch die Staus noch einmal von ihrem Auto. Nächste Woche schon würde sie sich von ihm trennen. Wozu es behalten? Das von François war schneller und komfortabler. Laure würde mit der Metro zur Arbeit fahren. Von François' Wohnung aus ging die Linie direkt.
Sie ließ ihre Finger übers ganze Lenkrad streichen und legte ihre Hand auf den Schalthebel. François' Auto hatte Servolenkung und Automatik. Laure fuhr nicht gerne damit.
Die Musik wurde für die Nachrichten unterbrochen. Laure erstarrte.

Der Streik.
Sie hatte den Streik vergessen.
Den ganzen Tag über war sie zu Hause gewesen.
Sie hatte sich mit dem Umzug befaßt und den Streik der öffentlichen Verkehrsbetriebe vergessen.
Sonst hätte sie niemals das Auto genommen.
Plötzlich fiel ihr wieder der Mann ein. Er wollte sie nicht angreifen, er wollte ihr nichts stehlen. Er wollte per Anhalter fahren. Er war viel gelaufen. Er war erschöpft. Und sie, im gut beheizten Auto hockend, hatte Angst vor ihm gehabt und ihn draußen stehenlassen, in der Kälte. Wieder sah sie die rissigen Hände. Wie hatte sie nur so dumm sein können, so ängstlich?
Dieser Mann hatte sie kindisch finden müssen. Und als er sie angelächelt hatte, tat er es, um sich über sie lustig zu machen. Gott sei Dank würde sie ihn nie wiedersehen.
Den nächsten Anhalter würde sie mitnehmen, und wo immer er auch hinwollte, sie würde ihn an sein Ziel bringen.
Laure sah sich um. Hier wollte niemand per Anhalter fahren. Es wäre absurd gewesen, in ein stehendes Auto einsteigen zu wollen. Zu Fuß war man in jedem Fall schneller.

Sie schob eine Kassette ins Radio, fing an zu singen und den Rhythmus mitzutrommeln.
Eine Frau im Wagen neben ihr beobachtete sie. Laure hatte Lust, ihr eine Grimasse zu ziehen, beherrschte sich aber. Keine Provokation. Bei diesem Verkehrsstau könnte es passieren, daß sie lange nebeneinander herfahren müßten.
Sie hörte auf, mit den Fingern zu trommeln, und versuchte zu singen, ohne die Lippen zu bewegen. Die Frau beobachtete sie noch immer. Laure ließ die Kassette herausspringen und sah stur geradeaus. »16 Röhre«. Warum fehlte das »n« an »Röhre«? Es war doch ein Plural. Sie würde François fragen. Er würde es wissen.
Sie machte die Innenleuchte an, öffnete einen Karton und nahm das erstbeste Buch heraus.
Sie las ein paar Seiten, nahm ein anderes Buch und wieder ein anderes. Was hatte sie dazu bewegt, diese Bücher verkaufen zu wollen? Die beiden hier hatte sie nicht gelesen, und an dieses konnte sie sich kaum erinnern. Sie mußte sie behalten. Sie würde sie noch einmal durchsehen. Und was die Kleider anging, würde sie sie alle noch einmal anprobieren, bevor sie sie hergab.
Der Verkehr geriet wieder in Bewegung.

Für den Augenblick hatten die Autos dieselbe Geschwindigkeit wie die Fußgänger.
Wenige hundert Meter weiter sah Laure einen Mann. Er stand da reglos. Seine Silhouette, aufrecht und wie festgenagelt inmitten der Unruhe, lenkte den Blick auf sich. Alles bewegte sich, nur er nicht.
Er stand neben einer Platane, die Hände in den Jackentaschen. Doch lehnte er sich nicht an den Baum, wie es ein Spaziergänger getan hätte, und selbst von weitem glaubte Laure, durch das feste Leder seiner Jacke seine gespannten Arme und geballten Fäuste zu erkennen. Er beobachtete die Autos, alle Autos. Er kniff die Augen zusammen. Er suchte jemanden, wahrscheinlich eine Frau. Sie hatten sich irgendwo an dieser Kreuzung verabredet, um anschließend zusammen nach Hause zu gehen, in ihr gemeinsames Heim.
Die Armen, in diesen Staus würden sie sich nie finden.
Laure war nur noch ein paar Meter von ihm entfernt.
Auf einmal entspannte sich das Gesicht des Mannes, seine Hände schossen aus seiner Jacke hervor, und er sprang auf die Straße in ihre Rich-

tung. Er hatte Glück, die zu finden, auf die er wartete. Sie mußte gleich hinter ihr sein. Laure wollte sich umdrehen, um sie zu sehen, doch hielt sie abrupt inne. Er war da, hinter ihrer Scheibe, sein Gesicht auf gleicher Höhe mit ihrem. Er bat sie, ihn mitzunehmen. Sie verstand nicht wohin. Sie überlegte nicht. Sie zögerte noch nicht einmal. Sie entriegelte ihre Türen und forderte ihn auf einzusteigen.

»Entschuldigung, ich habe nicht genau verstanden, wo Sie hinwollen.«

Er machte eine gleichgültige Geste.

»Einfach geradeaus ... Setzen Sie mich ab, wo Sie wollen, irgendwo. Es bringt mich in jedem Fall weiter.«

Er ließ seinen Sicherheitsgurt einschnappen.

Einen kurzen Moment lang hatte sie geglaubt, daß sie, Laure, es war, auf die er gewartet hatte. Daß sie es war, die er unter Hunderten von Autos suchte. Sie hatte sich ein zweites Mal getäuscht. Er fuhr per Anhalter, genau wie der andere. Und er war auf sie zugegangen, weil sie ihn angesehen hatte. Nichts weiter.

Er schien nicht reden zu wollen. Er hatte es sich in seinem Sitz bequem gemacht. Er hatte seine Beine ausgestreckt. Vielleicht wollte er schlafen. Seine grauen Haare glänzten unter dem Licht der Innenleuchte. Sie machte sie aus.

Trotz des Motorenlärms und des Gehupes schien es im Auto plötzlich still zu sein. Laure hörte nur noch das Gebläse der Heizung und unmittelbar neben sich bei jedem Atemzug des Mannes das leise Knirschen des Leders seiner Jacke.

Warum versuchten diese Idioten immer wieder hartnäckig, die rote Ampel zu überfahren? Sie blockierten den Verkehr. Laure stellte den Motor ab. Mit dieser Geschwindigkeit würde sie nie bei Marie und Bernard ankommen. Sie rieb sich Nacken und Schultern. Sie war müde. Sie hatte noch nicht einmal mehr Hunger, sie sehnte sich nach Schlaf. Am liebsten wäre sie jetzt eingeschlafen, in diesem ruhigen, warmen Auto, und wäre erst wieder morgen früh erwacht.

Ihr Kopf wurde immer schwerer. Sie würde nicht einschlafen, das war unmöglich. Noch nie hatte sie im Sitzen schlafen können. Dennoch fallen ihr die Augen zu. Alles verschwindet. Kein Staub mehr, keine Kartons, kein Umzug und keine Staus. Es gab nur noch einen Geruch oder vielmehr ein Gemisch aus Gerüchen.

Welche? Egal. Es ist ein so guter Geruch.
Hoffentlich verliert er sich nicht. Man darf nicht zu tief Atem holen. Man darf sich nicht rühren.
»Alles in Ordnung?«
Laure schreckte hoch. Der Mann berührte sanft ihren Arm.
»Geht es Ihnen bestimmt gut?«
Sie setzte sich auf, blinzelte. Die Autos fingen wieder langsam zu rollen an.
»Ich weiß nicht, was mit mir los war. Ich glaube, ich bin eingeschlafen.«
Auch sie startete wieder den Wagen.
»Eine Zigarette, um Sie wach zu machen?«
»Nein, danke, aber Sie können rauchen, es stört mich nicht. Im Gegenteil.«
Er zündete sich eine Zigarette an.
Wegen ihrer sechs Stockwerke hatte Laure acht Jahre zuvor das Rauchen aufgegeben, aber sie mochte noch immer den Geruch von blondem Tabak.
Sie atmete tief ein.
Noch einmal und wieder.
Und sie hörte zu atmen auf.
Das war es, was sie beim Einschlafen gerochen

hatte, drei verschiedene Gerüche, Tabak, Leder und Rasierwasser. Es war der Geruch dieses Mannes.

Er ließ die Fensterscheibe einen Spaltbreit herunter. Der Rauch verflüchtigte sich und mit ihm der Geruch. Laure fröstelte. Er schloß das Fenster wieder. Sie stellte das Radio an. Überall wurden Staus gemeldet.

»Wenn Sie wollen, kann ich Sie hier absetzen. Zu Fuß werden Sie schneller sein.«

Er schüttelte den Kopf.

»Kommt nicht in Frage, daß ich Sie allein lasse. Stellen Sie sich vor, Sie schlafen wieder ein ... Es muß jemand da sein, um Sie zu wecken.«

Sie wollte protestieren, daß ihr nicht mehr nach Schlafen war, daß ihre Müdigkeit verflogen war, doch er ließ ihr dazu keine Zeit.

»Ich habe es nicht eilig. Setzen Sie mich da ab, wo Sie auch hin wollen, das wird sehr gut sein.«

Er lächelte sie an. Seine Augenbrauen sahen fast schwarz aus, seine Augen sogar noch dunkler. Sie lächelte auch.

»Ich bin Laure.«

»Und ich Frédéric.«

Frédéric. Für sie war das der Vorname eines

Jugendlichen. Sie hatte nur einen Frédéric gekannt, im Gymnasium. Er war der bestaussehende Junge der Klasse gewesen.
Könnte sie sich daran gewöhnen, einen Mann mit grauem Haar so zu nennen? Es würde im übrigen gar nicht so weit kommen. Sobald sie bei Marie angelangt war, würde er gehen. Er würde sich entfernen, die Hände in den Taschen vergraben, und würde verschwinden. Sie würde ihn nicht wiedersehen.
Wie würde er nach Hause kommen? Per Anhalter? Zu Fuß? Seine Frau würde ungeduldig werden. Vielleicht würde sie ohne ihn zu essen anfangen. Oder sie würde sich sorgen und vergeblich versuchen, sich abzulenken, während sie auf die Geräusche im Treppenhaus lauschte. Nein. Er hatte gerade gesagt, er habe es nicht eilig, was bedeutete, daß ihn niemand erwartete. Dieser Mann war alleine.
Er würde später die Tür einer leeren Wohnung öffnen, und wenn er seine Lederjacke in den Schrank hängte, würden die leeren Kleiderbügel einen Moment lang aneinanderstoßen, das einzige Geräusch in der Stille.
Laure beschloß, Musik anzustellen.

Die Kassetten lagen im Handschuhfach, direkt vor ihm. Sie streckte den Arm aus und beugte sich leicht nach vorne. Aus der Nähe war der Geruch noch besser.
Sie beugte sich noch weiter vor.
Sie hatte plötzlich Lust, ihn nach der Marke seines Rasierwassers zu fragen, für François, aber sie traute sich nicht.
Und schließlich war es überflüssig. François rauchte nicht. Er trug nie Leder. An ihm würde der Geruch nicht derselbe sein.
Laure stellte die Lautstärke des Radios ein, laut genug, um die Musik gut zu hören, und leise genug, um sich zu unterhalten.
Unterhalten, über was aber? Streiks? Die Kälte? Was sollte sie einem Unbekannten sagen? Sie wußte es nicht. Im Labor konnte sie doch immer mit den Patienten sprechen. Da war es einfach. Bevor sie den Gummischlauch festzurrte, fragte sie irgend etwas, und es ergab sich eine Unterhaltung. Da sie den Blick auf die Spritze geheftet hatte, sah Laure selten die Gesichter. Doch hörte sie zu und antwortete. Und manchmal schien sie die Falte eines Unterarms direkt über dem Nadeleinstich anzulächeln.

Sie stellte das Radio lauter. Mit halb geschlossenen Augen lauschte er der Musik. Es war offensichtlich, daß er keinen Wert auf Unterhaltung legte.
Schweigen war besser.
An der nächsten Kreuzung würde sie rechts einbiegen müssen. Es war Zeit, die Spur zu wechseln.
Er knöpfte seine Jacke auf und zündete sich noch eine Zigarette an.
Mit zurückgeworfenem Kopf blies er den Rauch gegen das Autodach. Er genoß diesen Augenblick der Ruhe und Wärme. Aber sobald sie den großen Boulevard verlassen hätten, würde der Verkehr weniger dicht sein, und kurz danach würde Laure den Wagen in der Straße, wo Marie wohnte, parken. Sie würden sich auf dem Trottoir dieser immer dunklen und menschenleeren Straße trennen. Er würde seine Jacke wieder zuknöpfen, den Kragen hochschlagen, und wenn er sich von ihr verabschiedete, würde nicht mehr der Rauch, sondern der Atemdunst zwischen seinen Lippen entweichen.
Laure seufzte. Wie sollte sie die Spur wechseln, wenn sich die Autos nicht weiterbewegten? Niemals würde es ihr gelingen, rechts abzubiegen.

Er schlug mit dem Feuerzeug auf seinem Knie den Takt. Er fühlte sich wohl hier.

Sie würde ihn nicht allein in der Kälte zurücklassen. Sie würde ihm folgen. Er würde, aus Angst zu stören, ablehnen. Aber sie würde, die Hand auf seinem Arm, auf dem vom geheizten Auto noch warmen Leder, insistieren. Und er würde annehmen.

Sie brach aus. Die Hupen ertönten. Es war ihr egal. Eins, zwei, fast im Rhythmus der Musik, bewegten sich ihre Hände am Lenkrad. Arme, Schultern, Rücken, ihre Erschöpfung war verschwunden. Jeder einzelne Muskel arbeitete. Sie war nicht mehr müde. Sie hatte Hunger. Niemand würde sie daran hindern, die Spur zu wechseln.

Sie tat es mit Erfolg.

»Bravo ...«

Und er sagte noch mehr, was sie wegen der Musik nicht verstand, wahrscheinlich Anerkennendes für ihr Manöver.

Bevor sie ihn einlud, mußte sie Marie Bescheid sagen. Würde sie sich an Frédéric aus ihrer Klasse erinnern? Bestimmt nicht. Sie erinnerte sich an nichts. Seit sie mit Bernard zusammen war, schien sie alles, was hinter ihr lag, vergessen zu haben. Traf sie sich noch gerne mit Laure? Das war ungewiß. Früher waren sie unzertrennlich gewesen. Sie hatten sich alles erzählt. Heute hatten sie sich nichts mehr zu sagen.

Es passierte ihnen ja auch nichts mehr.

Da war die Kreuzung. Die Straße nach rechts schien frei zu sein.

Laure würde vor der nächsten Telefonzelle anhalten.

Marie würde einen Teller mehr decken und überlegen, daß der Fisch für einen zusätzlichen Gast zu klein war.

Laure machte sich daran, rechts einzubiegen.

Er drückte seine Zigarette im Aschenbecher des Armaturenbretts aus.

Bei Marie würde er wegen des Babys nicht rauchen dürfen.

Es war ihr zuvor nie aufgefallen, wie empfindlich der Blinker reagierte. Sie streifte ihn kaum, nur eine leichte Berührung mit dem Zeigefinger, und schon war er aus.

Sie würde nicht nach rechts abbiegen.

Sie würde nicht zu Bernard und Marie gehen.

Hinter ihr wurde gehupt, doch sie hörte nur die Musik.

Vor ihr der Boulevard war blockiert.
Sie würde sich vom Stau weitertragen lassen. Wohin? Sie wußte es nicht.
Er wandte sich zu ihr.
»Sind Sie sicher, daß Sie geradeaus wollen? Ich dachte ...«
»Nein, hier ist es kürzer.«
Hoffentlich fragte er sie nicht nach ihrem genauen Ziel. Was würde sie ihm antworten?
Wahrscheinlich reichte es ihm langsam, seine Zeit in den Staus zu verlieren.
Er setzte sich gerade. Das helle Licht eines Scheinwerfers ließ in seinem Haar eine Strähne aufleuchten. Er hatte es heute gewaschen, das sah man. Er war verabredet. Deshalb hatte er sich mit Rasierwasser eingesprüht. Er würde sich später mit einer Frau treffen. Er hatte es nicht eilig. »Wir treffen uns nach dem Essen.« Egal, wer als erster heimkäme. Der andere würde sich ins Bett schleichen, die kalten Hände und das kalte Gesicht gegen den warmen Körper pressen.
Wie hatte sie nur denken können, er sei allein? Er löste seinen Sicherheitsgurt.
Allein oder nicht, was machte es für einen Unter-

schied? Er war nur ein Anhalter, den sie mitgenommen hatte und sicherlich nicht wiedersehen würde.

Da er aussteigen wollte, sollte er es doch tun. Sie würde ihn nicht zurückhalten.

Er beugte sich nach vorne, setzte sich auf. Er zog am linken Ärmel und machte den Arm frei.

Er stieg nicht aus, er zog seine Jacke aus.

Er legte sie nach hinten auf den Bücherkarton.

»Klick«. Er hatte seinen Gurt wieder einrasten lassen.

Er blieb.

Sie merkte jetzt, daß ihr auch warm war. Sie zog ihren Mantel aus und legte ihn über die Lederjacke.

Laure senkte ihren Sitz nach hinten. Ihr Nacken schmiegte sich an die Kopfstütze, sie streckte die Arme aus und dehnte ihre Beine lang.

Der Geruch war nicht mehr genau derselbe, weniger Leder, mehr Rasierwasser, ebensoviel Tabak, aber er war noch immer genausogut.

Laure rieb sich sanft ihr Gesicht an dem synthetischen Samtbezug. Sie fühlte sich wohl an diesem Ort, besser als bei Marie, besser als in ihrer mit Kartons vollgestellten Zweizimmerwohnung und besser als in der Wohnung von François ohne François.

An diesem Abend fühlte sie sich nur hier, in diesem Auto, wirklich zu Hause.

Sie sah hinaus und freute sich. Sie freute sich über diesen Boulevard, der sie mit sich nahm, über alle diese Leute und ihre Autos, die wie ihres stillstanden. Sie freute sich über ihr Leben, das sich morgen ändern würde, über François.

Und sie freute sich auch über den Geruch dieses Mannes, der so nah bei ihr saß.

Er hatte einen schwarzen Rollkragenpullover an, so schwarz, daß der Sicherheitsgurt, der quer über seiner Brust lag, fast grau aussah.

Der Kragen reichte weit hinauf. Er unterstrich die Konturen seines Kiefers und gab der unteren Partie seines Kinns die perfekte Form eines Dreiecks.

Und seitlich, zwischen dem Ohrläppchen und dem Haaransatz noch ein Dreieck, kleiner diesmal.

Laure seufzte. In ihrer Magenhöhle war so etwas wie eine Leere. Es fehlte ihr etwas. Sie hatte Hunger, sie hatte Durst. Aber das war es nicht. Was dann?

Eine Zigarette. Zum erstenmal seit Jahren hatte

sie Lust auf eine Zigarette. Ein tiefer Zug, und der Rauch breitet sich in der Mundhöhle, in der Kehle, im ganzen Körper aus und strömt wieder zu den Lippen zurück. Das war es, was sie wollte. Eine Zigarette. Sie brauchte ihn nur um eine zu bitten.

Und wenn sie hustete? Sie hatte so lange nicht geraucht. Es könnte sogar passieren, daß ihr schlecht würde, besonders nüchtern.

Lieber wartete sie noch. Sie würde nach dem Essen rauchen. Essen? Sie ging ja nicht zu Marie, es würde also kein Essen geben.

Plötzlich setzte sie sich auf. Ihre Finger umklammerten das Lenkrad.

Sie würde mit ihm essen.

Er hatte nicht vor, auszusteigen, das war offensichtlich. Wenn sie anfuhr oder bremste, reagierte sein Kopf mit einem leichten Ruck. Doch schlief er nicht. Sein Nacken, seine Schultern und Arme waren ganz locker, Laure spürte das. Nicht die geringste Anspannung, nichts. Er ließ sich einfach chauffieren.

Sie hatte plötzlich die Gewißheit, daß er alleine war und nirgendwo hinwollte und daß ihm jedes Ziel recht war.

»Wollen Sie mit mir essen?«

»Ja.«

Er hatte ihr unmittelbar geantwortet, kaum daß sie Zeit fand, den Satz zu beenden. Er hatte sich ihr dabei so gut wie nicht zugewandt. Sein Körper hatte sich nicht bewegt. Nur sein Nacken war leicht gegen die Kopfstütze geprallt, eine knappe Bewegung. »Ja.« Das war alles.

Er hatte noch nicht einmal überrascht gewirkt.

Oder er hätte ohnehin alles akzeptiert, was sie ihm vorschlug.

Wieder mußte sie das Auto anhalten. Ein paar Schritte vor ihnen stritten zwei Männer. Atemwolken kamen heftig und schnell aus ihren Mündern. Ein Zusammenstoß. Das war der Augenblick, Marie anzurufen. Laure stellte den Motor ab. Sie griff nach ihrer Handtasche, machte die Autotür auf, hastig.

»Ich muß telefonieren. Es dauert nur zwei Minuten.«

Sie rannte zu einer Telefonzelle. Gott sei Dank hatte sie Kleingeld. Sie wählte die Nummer. Es würde nicht besetzt sein, Marie hatte die Gewohnheit langer Telefonate aufgegeben. Sie nahm den Hörer nach dem zweiten Läuten ab. Sie ließ Laure keine Zeit zu reden. Wegen des Streiks hätten alle Gäste abgesagt. Das Essen würde nicht stattfinden. Sie habe versucht, Laure Bescheid zu sagen, doch sei ihr Telefon tot gewesen.

Laure lächelte. Alles fügte sich.

Kaum hatte sie den Hörer eingehängt, nahm sie Lippenstift und Rouge aus ihrer Tasche und schminkte sich. Wie gut, daß sie sich die Haare gewaschen hatte.

Jemand – ein Mann – trommelte gegen die Glastür.

Laure verließ die Zelle und eilte auf die Straße.

Plötzlich hielt sie inne.

Wo war ihr Auto?

Es hätte sich genau hier befinden müssen, zwanzig Meter vom Unfallort entfernt. Die beiden Männer waren noch immer an der gleichen Stelle. Auf eine Motorhaube gestützt, füllten sie den Unfallbericht aus und blockierten weiterhin den Verkehr.

Sie folgte der Autoschlange. Vorhin war der weiße Golf hinter ihr und der kleine Lieferwagen genau vor ihr gewesen. Jetzt war nichts mehr zwischen beiden, die vordere Stoßstange des Golfs berührte fast das Heck des Lieferwagens.

Laure rannte in die andere Richtung, an den beiden Männern vorbei.
Nichts.
Ihr Auto war verschwunden.
Sie hätte niemals den Schlüssel steckenlassen dürfen.
Warum hatte sie sich vor dem Typ nicht in acht genommen? Weil er gut roch?
Sie ging ein paar Schritte am Trottoir entlang.
Es war nicht so schlimm. Das Auto, sie hatte ohnehin die Absicht, sich von ihm zu trennen. Und sie hätte es sicherlich nicht verkaufen können, alt wie es war. Außerdem hatte sie nichts im Auto zurückgelassen als ein paar alte Bücher und Kleider.
Laure brauchte das alles nicht mehr.
Von morgen an würde sie mit François leben.
Doch wie war es ihm möglich gewesen, aus dem Stau herauszukommen?
Sie warf den Kopf nach hinten und atmete die kalte Luft ein. Trotz der Abgase schien es ihr, als würde sie noch immer den Geruch des Mannes wahrnehmen.
Er würde enttäuscht sein, wenn er die Kartons öffnete. Er könnte noch soviel wühlen, er würde

nichts für ihn Sinnvolles finden. Doch, den roten Rock. Er war neu. François mochte ihn nicht. Laure hatte ihn nie getragen.
Er würde ihn sicher mit nach Hause nehmen. Er würde ihn der Frau geben, mit der er lebte, und sie würde ihn vor seinen Augen anziehen. Sie war mit Sicherheit sehr groß und sehr schlank, der Rock würde zu kurz und zu weit sein. Er würde ihre schlanken Beine ansehen und auf sie zugehen.
Er würde seine Hand in den lockeren Rockbund schieben. Er würde ihren Bauch und ihre Hüften streicheln.
Laure schüttelte den Kopf. Sie mußte aufhören, an ihn zu denken.
Sie mußte jetzt nach Hause zurückkehren.
Sie würde zu Fuß gehen. Sie würde sich Zeit lassen. Niemand wartete auf sie.
Die Menschen um sie herum gingen schnell. Sie liefen fast. Sie überholten sie, schnitten ihr den Weg ab, rempelten sie manchmal an, und sie sah ihre Gesichter nicht. Hochgestellte Kragen verbargen die Wangen, Schals hielten Nasen und Münder bedeckt, Mützen und Kappen waren tief in die Stirn gezogen.
Sie fröstelte.

Warum konnte sie François nicht anrufen? Er wäre gekommen und hätte sie mit nach Hause genommen.
Aber er war nicht da. Er hätte nicht wegfahren dürfen, nicht heute.
Sie war allein, und ihr war kalt.
Hinter sich hörte sie plötzlich schnelle Schritte, schneller als alle anderen. Jemand lief.
Wenn es nur François wäre.
Sie spürte jetzt den Hauch einer schnellen, leicht pfeifenden Atmung in ihrem Nacken, die Atmung eines Rauchers.
Sie hatte nicht die Zeit sich umzudrehen.
Eine Hand ergriff ihren Arm und Laure war nicht länger kalt.
»Aber wo laufen Sie denn hin? Ich habe Ihnen gewunken, ich war sicher, daß Sie mich gesehen haben und schwupp! waren Sie verschwunden.«
Er zog sie am Arm.
»Schnell, kommen Sie. Man kann das Auto nicht länger so stehenlassen, mitten auf der Straße.«
Sie fingen an zu laufen, und er ließ ihren Arm los. Sie liefen dicht nebeneinander, er ohne Jacke, sie ohne Mantel. Sie berührten sich, ohne sich anzustoßen.

Sie überholten die Autos, die Fußgänger. Sie waren schneller als alle anderen.
Wegen der Kälte und der Schnelligkeit wahrscheinlich stiegen Laure die Tränen hoch.
»Hier entlang.«
Er griff wieder nach ihrem Arm, zog sie in eine Straße auf der rechten Seite.
»Hier ist der Wagen, steigen Sie ein.«
Er öffnete ihr die Autotür.
Erst als sie den Sicherheitsgurt festgemacht hatte, bemerkte sie, daß sie auf dem Beifahrerplatz saß.
Er schob seinen Sitz zurück, senkte die Rückenlehne und stellte den Rückspiegel ein.
Jetzt war er der Fahrer.
Er fuhr los. Wo würde er sie hinbringen?
Laure hielt sich am Griff in der Autotür fest, umklammerte ihn.
Nur Ruhe. Sie riskierte nichts. Mit den Staus und den roten Ampeln hielt das Auto ständig an. Es wäre ein leichtes auszusteigen. Und dann waren überall Leute.
Er zündete eine Zigarette an und zog den Aschenbecher auf.
Diesmal sah Laure seine andere Gesichtshälfte, die rechte. Der Haaransatz war ein bißchen

anders, seine Stirn schien höher. Doch unter dem Ohr, genau über dem Rollkragen, war das gleiche Dreieck.

Ihre Hand ließ den Griff los.

Sie hatte von diesem Mann nichts zu fürchten.

Er konnte sie bringen, wohin er wollte.

Sie drehte sich um und sah durch das Rückfenster, wie der Boulevard sich entfernte.

Das Auto bog nach links ab. Und der Boulevard verschwand ganz.

Kein Zögern, kein Ruck, er fuhr gut.

Sie sagte es ihm.

Er lächelte.

»Ich bin Taxifahrer gewesen.«

Taxifahrer.

Laure sieht sich hinter ihm sitzend. Er sagt nichts, sie auch nicht. Das Radio ist aus. Nur das Brummen des Dieselmotors und, in regelmäßigen Abständen, das Ticken des Zählers sind zu hören. Sie sieht von ihm nur die Haare, grau und dicht, oberhalb der Kopfstütze, und seine schwarzen Augen und Augenbrauen im Rückspiegel. Sein Sitz ist mit einer Holzkugelauflage bespannt. Diese Kugeln sind hart. Hinterlassen sie Druckstellen auf seiner Haut?

Vielleicht kleine Vertiefungen, runde, von der Größe einer Fingerkuppe, die langsam wieder verwischen. Hoffentlich dauert die Fahrt lange, dieses Taxi riecht so gut.
Laure schoß plötzlich hoch.
Genug. Sie durfte nicht mehr an diesen Geruch denken.
Aber wie nicht mehr daran denken?
Was er auch tat, ob er den Blinker betätigte, den Gang wechselte, das Lenkrad drehte, alles, Knöpfe, Griffe, Hebel, nahm diesen Geruch an.
Und warum sollte sie nicht mehr daran denken?
Nachher würde dieser Mann gehen, und morgen hätte sie ihn vergessen. Sie würde ihn nie wiedersehen.
Also warum darüber nachdenken? Warum nicht diesen Abend nutzen, nur diesen einen Abend und seinen Geruch?
Morgen hätte er sich bereits verloren, und keine Spur bliebe von ihm zurück, es sei denn in den Bezügen der Sitze oder auch am Sicherheitsgurt, an der Stelle, wo er sich an ihn gedrückt hatte, gegen seine Schulter, seine Brust, seine Rippen.
Laure atmete tief ein.

Sie atmete diesen Geruch.
Die Lippen halb geöffnet, sog sie ihn ein.
Wieder und wieder.
Er war so gut.
Bestimmt war es sein Atem, der diese Wirkung hervorbrachte. Ihre Fensterscheibe und die Windschutzscheibe auf ihrer Seite beschlugen. Laure wischte sie nicht ab. Sie brauchte nicht nach draußen sehen.
Sie wußte weder, wo sie war; noch wohin er sie fuhr; und es war ihr gleichgültig.
Sie schloß die Augen.
Sie hörte nichts mehr, sah nichts mehr.
Sie spürte jetzt den Geschmack von blondem Tabak, von Rasierwasser und auch von Leder, den Geschmack dieses Mannes im Mund.
Das Auto hielt an. Er stellte nicht den Motor ab.
Es war nur eine rote Ampel.
Eine Luftbewegung, eine Duftwolke. Er hatte sich zu ihr gedreht.
Laure öffnete nicht die Augen.
Er sah sie an, sie war sich ganz sicher.
Er glaubte wahrscheinlich, daß sie schlief, und betrachtete sie.
Er bewegte sich nicht, er achtete darauf, keinen

P 902727

Sehr geehrte Leserin,
sehr geehrter Leser,

mit dem Kauf dieses Buches haben Sie Interesse an unserem Programm gezeigt. Wenn Sie auch in Zukunft unverbindlich über unsere Neuerscheinungen informiert werden möchten, dann senden Sie uns diese Karte ausgefüllt zurück.

Selbstverständlich gibt Ihnen auch Ihr Buchhändler gerne Auskunft über unser Programm.

Verlosung:

Einmal im Jahr verlosen wir unter den Einsendern folgende Preise:
1. Preis: Klett-Cotta-Bücher im Wert von DM 200,–
2. – 10. Preis: Klett-Cotta-Bücher im Wert von je DM 50,–

Ich interessiere mich besonders für:

- [ ] Literatur
- [ ] Sachbücher
- [ ] Psychologie/Psychotherapie
- [ ] Geschichte/Politik
- [ ] Philosophie
- [ ] Fantasy

Lärm zu machen. Sie hörte ihn noch nicht einmal atmen.
Durch ihre geschlossenen Lider erriet sie, daß es schon finster war.
Was würde er in dieser Dunkelheit sehen können? Ihr frisch gewaschenes Haar, das glänzte, und ihre linke Gesichtshälfte, ihre bessere?
Ihr Kopf fiel leicht zurück, er würde der klaren Linie ihres Halses bis zum Ausschnitt ihres Pullovers folgen.
Würde er bemerken, daß der Sicherheitsgurt sich zwischen ihren Brüsten einschnitt und sie hervortreten ließ?
Ihre Lider zitterten. Nicht einfach, sie geschlossen zu halten.
Auf jeden Fall sah er ihre Beine. Das Satingewebe ihrer Strumpfhose schimmerte leicht. Wenn sie sie trug, konnte François nicht anders, als ihre Beine anfassen.
Plötzlich glaubte sie zu spüren, daß etwas ihr Knie streifte, die flüchtige Berührung einer sehr warmen Hand.
Sie machte die Augen auf.
Er hatte sie gestreift, als er den ersten Gang einlegte.

Es war nichts. Er hatte es nicht absichtlich getan. Sie zog an ihrem Rock und lockerte den Sicherheitsgurt.
Er fuhr, er achtete nicht auf sie.
Hatte er sie angesehen? Sie war sich dessen nicht mehr sicher.
Als er Taxifahrer war und wenn ihm eine Kundin gefiel, beobachtete er diese doch gewiß im Rückspiegel. Er konnte beides gleichzeitig tun, fahren und sie ansehen. Vielleicht fing er sogar eine Unterhaltung an. Sie legte dann ihre Hand auf die Holzkugeln und beugte sich nach vorne zu ihm, um ihn besser verstehen zu können. Sie atmete seinen Geruch ein, er spürte ihren Atem. Was sie sich erzählten, spielte gar keine Rolle. Nur dieser Geruch und dieser Atem zählten. Er vergaß darüber fast die Adresse, die sie ihm angegeben hatte. Er war nicht mehr ihr Chauffeur, sie nicht mehr sein Fahrgast.
Doch plötzlich sagte sie: »Hier ist es.«
Er hielt den Zähler an. Sie zog ihren Geldbeutel heraus. Sie gab ihm ein großzügiges Trinkgeld. Er bedankte sich. Es war zu Ende.
Er fuhr wieder an.
Das Taxi war frei und er alleine.

Laure zuckte mit den Schultern.
Warum stellte sie sich ihn alleine vor?
Es war sicher vorgekommen, daß eine seiner Kundinnen, wenn sie sich zu ihm nach vorne beugte, beispielsweise bemerkte, daß der Rollkragen etwas weiter abstand und deutlich mehr zeigte als ein einfaches Dreieck, nämlich die Sehne, die vom Ohr bis zum Halsansatz verlief. Und das genügte, um sie zum Bleiben zu verlocken.
Verabredung hin oder her. Sie würde eine Ausrede erfinden, irgendeine, plötzliches Fieber oder einen Unfall, es würde sich schon ergeben.
Sie bleibt, das ist beschlossene Sache.
Sie fordert ihn auf, anzuhalten. Sie verläßt die Rückbank und setzt sich zu ihm nach vorne, auf den Platz, auf dem Laure sich gerade befindet.
Sie legt ihre Hand auf den Schalthebel. Schluß mit dem Fahren.
Sie wird sehr schnell wissen, ob die Holzkugeln Druckstellen auf der Haut hinterlassen und ob man mit den Fingerkuppen die Spuren davon ertasten kann.
Der Zähler läuft und läuft. Später wird er eine rie-

sige Summe anzeigen, und sie werden gemeinsam darüber lachen.
Laure seufzte.
Sie nahm fast nie ein Taxi. Sie hatte ihr eigenes Auto und das von François.
François. Seine Konferenz mußte vorbei sein.
Ohne den Umzug hätte sie ihn getroffen und säße jetzt mit ihm und einem Dutzend Radiologen beim Abendessen im großen Speisesaal eines Hotels. Unter dem Tischtuch würde er ihre Schenkel streicheln, und sie vergäße das grelle Licht der Lüster und diese ganzen Leute mit den Namensschildern am Revers.
Hier war es dunkel. Und François war weit weg.
Sie wischte mit der Hand über die Scheibe.
Wohin brachte er sie?
Sie erkannte keine dieser Straßen wieder.
Sie hätte sich nicht von diesem Typ bis hierher fahren lassen dürfen. Es war zu weit.
Das Auto fuhr jetzt schneller. Sie könnte nicht aussteigen. Und diese Straßen waren menschenleer. Niemand wäre da, um ihr zu Hilfe zu eilen.
Sie nahm ihren Mantel.
»Halten Sie an. Ich möchte aussteigen. Ich muß nach Hause. Bitte, halten Sie an.«

Er bremste.
Sie machte die Tür auf.
Er hielt sie am Arm fest. Er wollte sie zurückhalten. Er hinderte sie daran zu gehen. Sie versuchte sich von ihm freizumachen.
»He, langsam. Beruhigen Sie sich. Das ist Ihr Auto, und ich habe zu gehen.«
Er hielt sie fest, doch ohne ihr wehzutun.
Sie spürte auf ihrem Arm den Druck eines jeden seiner Finger, und die Wärme. Sie rührte sich nicht mehr. Er ließ sie los.
Er machte den Sicherheitsgurt los, nahm seine Lederjacke und stieg aus.
Er beugte sich in die Fensteröffnung der Autotür.
»Salut, und danke.«
Und er ging.
Ein kurzes Aufleuchten, die Flamme seines Feuerzeugs, eine kleine Rauchwolke, und das war's. Er war hinter einer Straßenecke verschwunden.
Laure warf ihren Mantel nach hinten und wechselte auf den Fahrersitz.
Sie zog den Sitz nach vorne, richtete die Rückenlehne wieder auf, stellte den Rückspiegel ein.

Sie blieb einen Moment lang still sitzen, und ihre rechte Hand strich langsam im Kreis ums ganze Lenkrad herum.

Laure sah sich die Innenseite ihrer Hand an, führte sie ans Gesicht. Und roch an ihr.

Führte sie noch dichter heran.

Sie preßte sie gegen die Nase, auf die Lippen. Dieser Geruch, dieser Geschmack.

Sie schloß ihre Hand zur Faust und schlug sie auf ihr Knie. Warum war sie derart in Panik geraten? Warum hatte sie ihn gehen lassen?

Es war vielleicht nicht zu spät. Sie könnte noch versuchen, ihn einzuholen.

Sie fuhr los.

Glücklicher Zufall. Die Straße, die er eingeschlagen hatte, war keine Einbahnstraße.

Sie würde ihn wiederfinden, sie wußte es.

Es war dunkel, man sah nichts. Sie machte das Fernlicht an.

Eine Frau, die sich geblendet fühlte, hob den Arm, um ihre Augen zu schützen.

Laure blendete wieder ab.

Vermummte Gestalten. Ein Mann mit einem Hund, ein Paar, eine andere Frau.

Wo war er?

Die Metro konnte er nicht genommen haben. Wegen des Streiks war die Haltestelle geschlossen. Und warum hätte er diese winzige Straße oder diesen Privatweg nehmen sollen?
Sie erstarrte. Da drüben beleuchtete ein helles Neonzeichen die Straße. Es war ein Café.
Ihre Hände auf dem Lenkrad waren feucht.
Das Auto fuhr wie in Zeitlupe, sie drang ganz langsam in die flimmernde Helligkeit des Neonlichts ein.
Laure hielt den Atem an.
Er war da, stand an der Bar. Er wandte den Rücken der Glastür zu. Er schien in diesem leeren Café alleine zu sein.
François war unterwegs, das Essen bei Marie war ausgefallen.
Niemand wartete auf sie. Niemand wußte, wo sie war.
Heute abend war auch sie allein.
Und sie war frei.
Geschwind drehte sie sich um, wühlte in dem Altkleiderkarton und zog den roten Rock hervor. Er war zerknittert. Egal. Er war so enganliegend, spannte so sehr über Po, Hüften und Schenkeln, daß er sich schnell glätten würde.

Den Körper von der Taille zu den Füßen unter dem Mantel verborgen, wechselte Laure den Rock.

Dann ging sie auf das Café zu.

Sie hielt wenige Meter vor der Glastür an. Sie sah ihn im Profil, noch immer an der Bar. Er hatte sich eine Zigarette angezündet.

An den abgehackten Rauchfahnen, die sein Mund hervorstieß, erkannte Laure, daß er lachte.

Sie runzelte die Stirn. Mit wem?

Sie ging näher heran.

Ein junger Mann saß allein an einem Tisch mit dem Rücken zur Tür. Er trug einen Anorak, eine ausgewaschene Jeans und Turnschuhe. Sein Haar war kurzgeschnitten, der Nacken spitz. Seine Schultern bewegten sich in leichten Zuckungen. Auch er lachte.

Laure betrat das Café.

Die Tür schloß sich hinter ihr.

Der junge Mann drehte sich um.

Es war kein junger Mann. Es war ein junges Mädchen. Sie war sehr hübsch und sehr jung.

Ohne mit dem Lachen aufzuhören, musterte sie Laure von oben bis unten.

Laure senkte die Augen. Die schwarzen Slipper

und der bis zum Hals zugeknöpfte Mantel. Sie fand sich häßlich und alt.
Sie konnte gleich wieder gehen. Er würde sich zu dem Mädchen setzen, und ihre Beine würden sich, Jeans an Jeans, berühren, die Köpfe immer dichter beieinander, würden sie über sie lachen.
Na und?
Sie würde nach Hause zurückkehren, mit heruntergelassenen Fensterscheiben, damit der Geruch dieses Mannes sich verlöre.
Und sie würde ihn nie wiedersehen.
Sie wich einen Schritt zurück. Die Tür war da, kalt in ihrem Rücken.
Sie sah auf.
Er hatte sich nicht von der Bar fortbewegt, sondern sich in ihre Richtung gedreht. Er beobachtete sie.
Es war das erste Mal, daß sie ihn so sah, von vorne und bei hellem Licht.
Laure ließ die Tür wieder. Sie würde nicht weggehen. Sie fand ihre Haltung wieder.
Es kam nicht in Frage, daß sie ging. Sie war weder alt noch häßlich. Hätte François sonst mit ihr zusammenleben wollen?
Sie holte tief Atem, knöpfte ihren Mantel auf und ging auf ihn zu.

Die Mantelschöße öffneten sich.
Sie bemerkte, daß er ihre Beine ansah, ihre Knie, ihre Schenkel. Sollte er sie ansehen. Sie war schön, sie wußte es, François wiederholte es immer wieder. Sie ging ohne Hast auf ihn zu. Sie ließ ihn nicht aus den Augen. Jeder Schritt, der sie ihm näherbrachte, kam ihr zugute.
Plötzlich nahm sie seinen Geruch wahr. Sie hatte ihn fast vergessen, seit sie sein Gesicht gesehen hatte.
Ein letzter Schritt.
Sie war da. Sie war wieder bei ihm.
Sie lächelten sich an.
»Wollen Sie etwas trinken?«
»Einen Kaffee.«
Er rief den Kellner.
Laure betrachtete sich im Chrom des Bierhahns. Es ging. Selbst in dieser Verzerrung war sie weder alt noch häßlich.
»Zwei Kaffee, bitte.«
Er berührte ihren Arm.
»Kommen Sie, wir setzen uns.«
Er zog einen Tisch zurück. Sie schob sich auf die Sitzbank, er nahm einen Stuhl. Fast gleichzeitig erhob sich das Mädchen. Sie ging zur Bar.

Er folgte ihr mit den Augen im Spiegel an der Wand hinter Laure. Sie sah seinen Blick. Das Mädchen zog einen Geldschein aus der Tasche. Sie zahlte, sie ging, umso besser.

»Können Sie mir Kleingeld geben, für den Flipper?«

Laure seufzte.

Das Mädchen zog den Anorak aus und ging quer durch den Raum.

Unter ihrem Pullover hatte sie nichts an.

Sie ließ die Kugel herausschnellen, legte ihre Hand an die Flanken der Maschine und fing an zu spielen.

Warum sagte er nichts?

Vorhin lachte er mit diesem Mädchen, das er erst ein paar Minuten kannte.

Mit Laure, nichts.

Sie waren nebeneinander im Auto gesessen, lange Zeit, und er hatte nicht mit ihr geredet. Er hatte sich mit ihr gelangweilt.

Und jetzt wartete er mit Ungeduld darauf, daß sie ging.

Kaum wäre sie verschwunden, würde er sich dem Mädchen nähern, so sehr, daß jede Erschütterung, die sie am Flipper verursachte, in seinen Körper zurückwirken würde.

Der Kellner brachte den Kaffee.

Laure nahm die Tasse, ohne Zucker hineinzugeben. Überflüssig, Zeit zu verlieren. Sie begann zu trinken und hätte fast alles ausgespuckt. Sie hatte sich die Zunge verbrannt.

»Sie sind ja verrückt, der Kaffee ist kochend heiß.«

»Hmmm ...«

Es tat weh.

Er beugte sich über sie.

»Zeigen Sie her.«

Sie schüttelte den Kopf.

»Nein, es ist schon vorbei.«

Er beugte sich noch weiter vor.

»Sind Sie in Eile? Müssen Sie gehen?«

Die schwarzen Augen, die schwarzen Augenbrauen und dieser Geruch.

»Nein.«

»Also langsam. Wir haben viel Zeit.«

Er schob seinen Stuhl zurück und stand auf.

An der Bar verlangte er ein Glas Wasser, sehr kalt. »Wir haben viel Zeit.« Er wollte nicht, daß sie ging.

Und er interessierte sich nicht für das Mädchen.

Sie war im übrigen gar nicht so hübsch. Sie hatte zu kleine Brüste. Sie war mager. Sie hätte François nicht gefallen.

Er kam mit einem Glas Wasser voller Eiswürfel zurück.

»Trinken Sie, das wird Ihnen guttun.«

Sie trank ein wenig, stellte das Glas ab.

Man hörte nur den Flipper, elektronische Imitationen von Maschinengewehrsalven oder Explosionen. Sie suchte nach etwas, was sie sagen könnte, und gab es auf.

Wozu sich zwingen? Sie langweilte sich nicht, warum also sollte er sich langweilen?

Er zog seine Lederjacke aus, und Laure zeigte ein leichtes Lächeln.

Sie hatten viel Zeit.

Er zündete sich eine Zigarette an. Sein Mund zog sich nicht um den Filter zusammen, er hielt die Zigarette ganz locker.

Laure bemerkte rechts über seiner Oberlippe eine kleine Nikotinspur. Gewiß schmeckte sie bitter.

Bei jedem Zug fiel Asche von der Zigarette herunter, flatterte durch die Luft und landete in winzigen hellen Flecken auf dem schwarzen Pullover.

Er tat nichts, um sie zu beseitigen.

Plötzlich zog Laure die Luft ein. Sie blies die Backen auf und pustete. Pustete ihn an. Und schwupp, flogen die Ascheteilchen fort und verschwanden. Sie verharrte einen Augenblick lang. Sie wagte nicht, ihn anzusehen.
Was war in sie gefahren?
Da hörte sie ihn lachen. Sie sah auf.
Er lachte.
Sie dachte plötzlich an ihre leere Wohnung, an die Konferenz von François, an das Essen bei Marie und die Kälte draußen, und sie sah sich in diesem hell erleuchteten Café gegenüber diesem Mann sitzen, den sie nicht kannte und der ihr laut lachend zuzulächeln schien.
Da fing sie auch an zu lachen.
Die Maschinengewehrsalven hörten auf. Das Mädchen hatte sein Spiel beendet. Sie sah einen Augenblick lang zu ihnen herüber.
Vielleicht erkannte sie, daß er mit Laure mehr lachte als mit ihr, denn sie zuckte mit den Schultern und wandte sich wieder dem Flipper zu.
Die Explosionen begannen von neuem.
Er lachte nicht mehr. Er sah Laure an.
Sie verkrampfte sich immer mehr. Sie spürte, daß sie rot wurde, und senkte die Augen. Sie fing an

zu schwitzen, doch wagte sie nicht, ihren Mantel auszuziehen, nicht, solange er sie so anstarrte.
Sie nahm ihr Glas. Es war kein Wasser mehr übrig. Sie ließ einen Eiswürfel über ihre Zungenspitze gleiten, da wo sie sich verbrannt hatte, dann schob sie ihn zwischen den Backen hin und her, drückte ihn an den Gaumen, an die Lippen.
Das tat gut.
Doch ihr Mund war so warm, daß der Eiswürfel fast sofort schmolz. Ein Schluck, ein zweiter und Schluß.
»Entschuldigung. Ich komme zurück.«
Er stand auf und ging zu den Treppen. »Toiletten. Telefon.«
Sie zog ihren Mantel aus. Unter ihrem Pullover war die Haut ganz naß.
Er kam schon wieder nach oben. Laure hörte ihn beim Kellner nach Kleingeld fragen.
Und er stieg wieder hinunter.
Er ging telefonieren.
Laure seufzte.
Wie hatte sie glauben können, dieser Mann sei alleine?
Kaum hatte er dieses Café betreten, lachte ein Mädchen mit ihm. Eine andere wartete sicher

irgendwo auf ihn. Im Augenblick sagte er Bescheid, daß er bald bei ihr sein würde. Oder bei ihnen.

Da kam er zurück. Sein Anruf ist schnell gewesen, nur ein paar Worte. »Ich bin's, ich komme gleich.« Überflüssig hinzuzufügen »ich umarme dich«, das verstand sich von selbst.

Laure erhob sich ihrerseits.

Sie war auch nicht alleine. Sie ging François anrufen. Um diese Uhrzeit würde sie ihn erreichen können, man würde im Speisesaal des Hotels nach ihm suchen. Sie würde ihm sagen, daß er ihr fehle, daß sie sich auf morgen freue.

Sie stieg die Treppe hinunter und betrat die Telefonkabine. Sie nahm den Hörer ab, wollte eine Münze in den Schlitz stecken.

Doch wie? Sie runzelte die Stirn.

Dieser Apparat nahm nur Karten, keine Münzen.

Laure sah sich um.

Warum dann Kleingeld verlangen?

Sie stieß die Tür zu den Toiletten auf.

Direkt neben dem Waschbecken gab es einen Kondomautomaten.

Er funktionierte mit Münzen.

Sie blieb wie angewurzelt stehen, rührte sich nicht

und starrte in diese kleine metallene Höhlung, in die die Päckchen fielen.
Als sie sich endlich zum Gehen entschloß, sah sie sich im Spiegel.
Sie bemerkte, daß sie lächelte.
Ihr ganzes Gesicht lächelte.
Ihre Wangen waren rot, auch ihr Mund. Neben ihren Mundwinkeln taten sich Grübchen auf, die sie zuvor noch nie bemerkt hatte.
Und ihr Hals schimmerte.
Laure erkannte sich nicht wieder.
Sie drehte den Wasserhahn auf und rieb, ohne dabei die Augen von sich zu lassen, die Handflächen wieder und wieder an der großen gelben Seife, die an der Wand befestigt war.
Sie wusch sich ab. Das Wasser schien ihr sehr kalt.
Nachdem sie sich die Hände unter dem Trockner gerieben hatte, zog sie den Ausschnitt ihres Pullovers nach vorne und ließ einen Augenblick lang die warme Luft auf ihre Haut wehen.
Das Wollgewebe blies sich auf, und Laure sah plötzlich sehr dick aus. Das brachte sie zum Lachen.
Schluß jetzt, es war Zeit, wieder nach oben zu gehen.

Und wieder bei Frédéric zu sein.
Vor der Telefonkabine zögerte sie einen Augenblick lang.
Nein, sie würde François nicht anrufen. Er telefonierte nicht gerne und würde sich sicher ärgern, daß sie ihn mitten im Essen störte, ohne ihm etwas Wichtiges mitteilen zu müssen.
Sie stieg drei Stufen auf einmal die Treppe hinauf.
Die Geräusche des Flippers hatten aufgehört. Das Mädchen war gegangen.
Frédéric hatte seine Jacke wieder an.
Sie ging zu ihm. Er hatte den Kaffee schon bezahlt, der Kassenbon war eingerissen.
Er sah zu ihr auf.
»Laß uns gehen.«
Sie schlüpfte in ihren Mantel.
Der Kellner stellte schon die Stühle auf die Tische.
Das Café würde gleich zumachen.
Kaum waren sie draußen, als das Neonlicht erlosch.
Er stellte den Kragen seiner Jacke hoch.
Sie zog ihre Wollhandschuhe an.
Er nahm ihren Arm.
»Gehen wir ein Stück.«
Sie schritten aus.

Laure sah auf ihrem Ärmel Frédérics Hand liegen, fast weiß und sicher durchgefroren.
War er ihrem Blick gefolgt? Die Hand regte sich, veränderte ihren Platz und glitt langsam an ihrem Arm herab.
Es wurde kalt an Laures Faust.
Frédérics Finger drangen ins Innere ihres Handschuhs ein.
Die Wolle gab nach, sie würde gerade genug Platz für zwei lassen.
Der Daumen war es, der sich als erster an den von Laure schmiegte. Die anderen Finger suchten an ihrem Ballen entlang.
Bis sie sich schließlich, vom Zeigefinger bis zum kleinen Finger, nicht mehr bewegten.
Ein jeder hatte seinen Platz gefunden.
Laure und Frédéric gingen weiter so, Hand in Hand, ein Fingerglied am anderen.
Sie schaukelten zwischen sich diese Doppelhand hin und her.
Aber als sie anhielten und sie sich einander zuwandten, störte sie der Handschuh.
Gemeinsam befreiten sich ihre Hände von ihm.
Er fiel zu Boden, sie bemerkten es nicht.
Sie küßten sich.

Zuerst auf die Lippen, ganz sacht.
Laure lächelte. Ja, die kleine Nikotinspur schmeckte bitter.
Dann stießen ihre Zähne aufeinander, und sie hörte auf zu lächeln. Frédérics Mund war so heiß.
Laure taumelte, er hielt sie fest.
Sie lehnten gegen etwas. Gegen eine Tür? Eine Wand? Sie sahen nichts. Sie hielten die Augen geschlossen.
Sie hielten einander fest. Sie konnten sich nicht mehr rühren. Und sie küßten sich.
Ihre Münder öffneten sich, öffneten sich weiter, sie küßten sich, immer mehr, immer tiefer und heftiger.
Und dann knöpfte Frédéric den grauen Mantel auf.
Seine Lippen ließen von Laures Lippen ab und verfolgten die Linie ihres Halses.
Sie warf den Kopf zurück.
Ihre Hände öffneten die Lederjacke und glitten unter Frédérics Pullover, über seinen Rücken, über seine Haut.
Seine Haut.
Plötzlich bellte ein Hund ganz in der Nähe.
Sie ließen sich los, und sogleich drängte sich die kalte Luft zwischen sie.

Laure fröstelte.
Sie hatte vergessen, daß sie auf der Straße waren und daß Winter war.
Sie gingen wieder ein Stück.
Nicht lange. Sie gingen nur ein paar Schritte. Schon hielten sie wieder an und küßten sich.
Eine Straße, eine andere.
Ihre Münder konnten nicht mehr voneinander lassen. Laure hatte ihren Handschuh verloren. Ja und?
Ihre Hand war ganz warm in der Tasche seiner Lederjacke, ihre Finger in den seinen.
Sie wußte nicht, wohin sie ging, noch wo sie war. Sie sah nur Frédérics Gesicht, das größer wurde, wenn es sich ihrem näherte, sich verkleinerte, wenn es sich entfernte.
Manchmal, wenn seine Hände ihren Kopf festhielten, hörte sie gar nichts mehr.
Und nur wenn sie in ihrem Rücken die glatte Oberfläche eines Schaufensters oder die Umrisse einer Türklinke spürte, wurde sie sich bewußt, daß sie angehalten hatten.
Ihre Körper preßten sich immer stärker aneinander.
Im Augenblick hielten sie sich im Gehen um-

schlungen. Und da sie im Gleichschritt gingen, stolperten sie nicht.
Plötzlich bemerkte Laure eine Veränderung. Frédéric hatte sie zwar nicht losgelassen, doch die Umarmung war nachgiebiger geworden, und obwohl er nicht aufgehört hatte, sie zu küssen, so war der Druck seiner Lippen doch schwächer geworden.
Er beobachtete etwas.
Laure entzog sich sanft und folgte seinem Blick.
Auf der anderen Straßenseite war ein Hotel.
Frédéric sah sie an.
Da sah sie den Atem, der aus seinem Mund kam, seinem so heißen Mund, und sie atmete ihn ein.
Sie blieben einen Augenblick lang so unbeweglich am Rand des Trottoirs stehen.
Laure zog Frédérics Atem ein, diesen weißen Nebel, der viel weniger kalt schien als die Nachtluft.
Und er sah auf ihre halbgeöffneten Lippen.
Schließlich fanden sich ihre Hände wieder, und wie in einem Schritt gingen sie über die Straße.
Ein an der Glastür befestigtes Schild wies darauf hin, daß das Hotel während des Streiks die Preise ermäßigte.

Frédéric ging vor Laure hinein.
Der Eingangsraum war winzig.
Es war niemand zu sehen.
Frédéric hustete laut.
Laure warf einen Blick auf das Schlüsselbord. Nicht ein Schlüssel fehlte. Um so besser. Sie würden womöglich die einzigen Gäste sein.
Eine kleine Tür öffnete sich, und ein junger Mann erschien. Er war sehr dünn.
Er drängte sich in den engen Zwischenraum hinter der Empfangstheke. Als Frédéric ein Zimmer verlangte, atmete er auf.
»Jedes, wenn Sie wollen. Das Hotel ist leer.«
Er zeigte auf das Schild.
»Wir haben das für die Leute angebracht, die wegen des Streiks nicht nach Hause können, doch es funktioniert nicht. Wir haben keine Gäste.«
Er nahm einen Schlüssel vom Bord und legte ihn auf die Theke.
»Wenn Sie gleich bezahlen würden, käme mir das sehr entgegen.«
Laure wollte ihre Handtasche öffnen. Frédéric hinderte sie daran.
»Laß nur.«
Er bezahlte und nahm den Schlüssel.

Der junge Mann steckte das Geld in die Hosentasche.
»Erster Stock. Zur Dusche und den Toiletten finden Sie die Hinweisschilder.«
Er wünschte ihnen gute Nacht und verschwand.
Sie waren jetzt allein.
Sie stiegen die Treppe hoch, er vor ihr, sie hinter ihm.
Das Treppenhaus war so eng, daß ihre Ellbogen an die Wand stießen, die lange dunkle Spur nachzeichnend, die andere Arme und Ärmel vor ihnen hinterlassen hatten.
Sobald Frédéric das Geländer berührte, vibrierte das Holz unter Laures Fingern.
Er nahm bei jedem Schritt zwei Stufen auf einmal.
Sie konnte seine dicken Schuhsohlen sehen.
Der untere Saum seiner Jeans franste aus.
Sie blieb stehen. Frédéric. Dieser Vorname paßte zu ihm. Sie sprach ihn laut aus.
»Frédéric.«
Er hielt an, drehte sich um.
Sie sah zu ihm hoch.
Matte kugelförmige Glaslampen verbreiteten ein weißes Licht.
Frédéric ging ein paar Stufen zurück.

Laure stieg die Treppe bis zu ihm hinauf.
Wieder standen sie eng umschlungen.
Sie lächelte ihn an.
Und ohne sich zu sehen, wußte sie, daß sie nie zuvor so gelächelt hatte.
Als sie den Treppenabsatz erreicht hatten, nahm sie den Schlüssel aus Frédérics Hand und drang als erste in den engen Flur vor.
Es roch nach zitronenhaltigem Putzmittel.
Der junge Mann hatte ihnen das Zimmer gegeben, das dem Bad und den Toiletten am nächsten lag. Die Tür stand offen.
Laure machte das Licht an. Noch eine weiße Glaskugel. Sie löschte es wieder. Die Nachttischlampe würde genügen.
Frédéric schloß die Läden und stellte die Heizung an. Sofort verbreitete sich in dem kleinen Zimmer ein Geruch von erhitztem Staub.
Laure verriegelte die Tür.
So. Sie waren für sich.
Sie sahen sich an, ohne Regung, ohne ein Lächeln.
Kein Geräusch war zu hören.
Das Hotel war leer, die Straße verlassen.
Alles war still.

Laure horchte. Sie hörte nichts, noch nicht einmal Frédérics Atem.

Er kam auf sie zu, umarmte sie.

Und da waren wieder Geräusche, viele Geräusche. Das Knirschen seiner Lederjacke, ihr Haar, das unter Frédérics Händen tönte, und der plötzliche Lärm, als er sie aufs Ohr küßte. Sie fielen aufs Bett.

Und da war das Geräusch von Papier, das zerreißt, und gleich danach ihrer beider Atemgeräusche, zunächst deutlich unterschieden, dann ineinander übergehend, immer schneller werdend.

Plötzlich hörte Laure Töne, die sie nicht kannte. Und dabei kamen sie aus ihrer Kehle.

Sie versuchte, sie zu unterdrücken. Es gelang ihr nicht.

Sie wollte die Hand auf ihre Lippen pressen, doch da ihre Hände um Frédérics Taille lagen, ließen sie sich nicht von der Stelle bewegen.

Er küßte sie dann, im Innern ihrer Münder war so etwas wie ein Echo, und bald waren es ihre beiden Körper, die gänzlich widerhallten, und sie dachte an nichts mehr.

Laure öffnete die Augen.

Warum war es so dunkel?

Ihr war heiß, sie bekam keine Luft. Man erstickte hier. Plötzlich lächelte sie.
Weil sich ihr Kopf in Frédérics Jacke gewühlt hatte und ihr Gesicht sich in dem schwarzen Pullover versteckte, fiel ihr das Atmen schwer und sah sie nichts.
Sie befreite sich.
Im Licht der Nachttischlampe blinzelte sie. Sie schloß die Augen wieder.
Frédéric war viel weniger schwer, als sie es sich vorgestellt hatte.
Sie konnte die Beine, die Arme bewegen, er erdrückte sie nicht.
Er war so leicht, daß sie seine Hitze spürte, nicht sein Gewicht.
Sie bewegte sich noch mehr. Sie stöhnte und streichelte seinen Rücken.
Den Rücken? Sie öffnete die Augen wieder und sah, daß sie es war, die auf ihm lag und ihn mit ihrem ganzen Gewicht niederdrückte.
Sie wollte sich aufrichten, er hielt sie zurück.
An den grauen Haarwurzeln und auf der Stirn hatte er Schweißtropfen. Mit ihren Fingerkuppen wischte Laure sie ab und blies dann ganz sanft, um ihm Kühlung zu verschaffen.

Auch sie schwitzte.
Sie hatten sich nicht genügend Zeit gelassen, um alle ihre Kleider auszuziehen.
Laures Mantel war unter Frédéric eingezwängt, ihr linker Arm hatte sich nicht aus dem Ärmel befreien können. Ihr hochgeschobener Rock kringelte sich um die Taille.
Laure machte sich von Frédéric los und zog ihren Mantel aus. Dann schob sie, aufrecht im Bett stehend, den Rock an ihren Beinen hinunter und warf schließlich den Pullover und den Büstenhalter ab.
Frédéric betrachtete sie.
Sie blieb einen Augenblick lang reglos unter seinem Blick.
Plötzlich zeigte er mit dem Finger auf Laures Bauch.
Auf ihrer Haut, direkt neben dem Bauchnabel, hatte einer der großen Knöpfe seiner Lederjacke einen Abdruck hinterlassen. Er war so deutlich, daß man sogar den Faden sehen konnte, mit dem er, in der Form eines Multiplikationszeichens, befestigt war.
Laure fiel aufs Bett zurück. Und Frédéric drückte seinen Mund auf diese runde Spur.

Dann brachte er seine Jeans in Ordnung und verließ das Zimmer.
Laure sah sich um,
Nackte Wände, zwei Kleiderbügel aus Metall an einem Haken, ein Nachttisch, das war alles.
Sie streckte sich. Die Laken waren sauber. Sie verströmten den starken Geruch von Bleichmittel.
Und der Heizkörper funktionierte.
Mehr brauchten sie nicht.
Es gurgelte in den Wasserleitungen.
Sie runzelte die Stirn. Hoffentlich nahm Frédéric keine Dusche. Daß sein Geruch an ihm bliebe.
Uff. Nur ein Wasserhahn lief.
Sie sah plötzlich die braunen Flecken auf der Bettdecke. Brandspuren von Zigaretten.
Es gab keinen Aschenbecher.
Mit einem Satz stand sie auf, warf den Mantel über und ging hinaus.
Sie machte das Flurlicht an.
Die Zimmertüren standen alle offen.
Laure fand im ersten Zimmer einen Aschenbecher, doch sie sah sich auch die anderen an.
Es waren sechs. Sie sahen alle wie ihres aus, und dennoch schienen sie ihr leer, kalt und düster.

Sie fror. Das Linoleum unter ihren nackten Füßen war eisig.
Sie kehrte in den Flur zurück, gerade als Frédéric aus dem Bad kam.
Er hatte Wasser getrunken. Sein Mund war noch so kühl und feucht, daß Laures Durst daran gestillt werden konnte.
Sie ließ den Aschenbecher fallen.
Als Frédéric sich bückte, um ihn aufzuheben, und sich wieder aufrichtete, streiften seine Haare Laures Schenkel.
Sie taumelte.
Sie kehrten in ihr Zimmer zurück.
Er zog seinen Pullover aus, und sein Kopf, der einen Augenblick lang unter der schwarzen Wolle verschwunden war, tauchte ganz zerzaust wieder auf.
Einzelne Strähnen fielen wirr in seine Stirn, andere blieben gleich Ähren stehen.
Laure ging zu ihm.
Eine Bewegung mit den Schultern, und der Mantel fiel.
Sie war nackt.
Er wollte sie umarmen. Sie schob ihn sanft weg und zwang ihn, sich hinzulegen.

Sie machte seinen Gürtel auf, knöpfte seine Hose auf und zog ihn ganz aus.
Noch einmal versuchte er, sie an sich zu ziehen.
Sie schüttelte den Kopf.
»Nein. Laß mich machen.«
Sie packte ihn bei den Handgelenken, zwang ihn stillzuhalten.
Er schloß die Augen.
Sie blieb, wie sie war, und regte sich nicht. Frédérics Gesicht, sein Körper.
Wo anfangen?
Er hielt den Atem an. Seine Brust hob sich kaum. Doch Laure konnte unter ihren Fingern die raschen Schläge seines Pulses spüren.
Er wartete.
Sie beugte sich über sein Handgelenk, über diese Vene, die pulsierte, und sie sah, wie sich seine Hand öffnete, seine Finger sich streckten.
Sie überflog die innere Handfläche, folgte jeder Linie, die in sie eingefurcht war, dann wanderte sie die Fingerglieder entlang, hielt sich bei den Gelenkfalten auf und erreichte so die glatte Oberfläche der Nägel, ihre etwas scharfkantigen Ränder.
Der Zeigefinger und der Mittelfinger schmeckten nach Nikotin, die anderen nach Seife.

Sie knabberte an der Daumenkuppe. Und biß sie ein wenig. Frédérics ganzer Körper bebte. Seine Finger begannen sich zu bewegen. Sie gingen zwischen Laures Lippen hin und her, strichen über ihre Zähne, und je mehr sich ihr Mund öffnete, streichelte er die Innenseiten ihrer Wangen und ihren Gaumen.
Sie seufzte.
Er zog seine Hand zurück.
Laure schmiegte sich an ihn.
Sein Geruch, seine Haut.
Er atmete jetzt schwer.
Sie richtete sich so auf, daß ihr Gesicht genau über Frédérics Bauch innehielt, diesem Bauch, der sich bei jedem Einatmen aufblähte und ihre Wange berührte.
So blieb sie, ohne sich zu bewegen, um jede der zarten Berührungen auszukosten und auf ihre Wiederkehr zu warten.
Und dann beugte sie den Kopf hinunter.
Frédérics Nabelinneres war salzig.
Er schauderte.
Die samtige Lende unter Laures Lippen und gleich darauf in ihrem Mund das geschmeidig glatte Kondom.

Frédérics Atmung wurde schneller.
Sein Unterleib hob sich.
Sein ganzer Körper vibrierte, und Laure glaubte, ihn stöhnen zu hören.
Sie schloß die Augen. Ihre Lippen glitten immer schneller auf und ab, ihre Zunge kreiste, ihre Kehle war ohne Ende.
Und plötzlich schien es ihr, als ob Frédérics Samen sich in ihren Mund ergoß und sie ihn schluckte, als ob sie alles schluckte.
Wenig später erst, als sie beide Atem geholt hatten, bemerkte sie, daß auf ihrer Zunge nur ein leichter Gummigeschmack zurückblieb.
Sie ließ sich nach hinten zurückfallen.
Sie lagen nun umgekehrt nebeneinander.
Sie drückte ihre Wange an Frédérics Fuß.
Er hatte eine Blase an der kleinen Zehe. Wegen des Streiks war er viel zu Fuß gegangen.
Sie lächelte. Wäre er ohne diese Blase in ihr Auto gestiegen?
Sie berührte sie leicht mit den Fingerspitzen. Morgen oder übermorgen, vielleicht später, würde ihr eine klare Flüssigkeit, die nach Meerwasser schmeckte, entweichen.
Laure seufzte. Morgen, übermorgen. Sie war

nicht fähig, daran zu denken. Es ging ihr hier so gut.
Frédéric hatte sich eine Zigarette angezündet, und der blonde Tabakrauch füllte nach und nach das Zimmer. Der Aschenbecher, der auf seiner Brust abgestellt war, hob und senkte sich so gleichmäßig, daß Laure spürte, wie ihr vom Zuschauen die Augen zufielen.
Alles war ruhig und still.
Und da war dieser Fuß an ihrer Wange, der ganz warm war und noch den Ledergeruch seiner festen Schuhe an sich hatte.
Frédéric drückte die Zigarette aus, stellte den Aschenbecher auf den Nachttisch zurück und blieb reglos liegen.
Er schlief ein.
Laure war auch müde.
Sie würden zusammen einschlafen, ineinander verschlungen, und morgen würden sie gleichzeitig aufwachen.
Plötzlich öffnete sie die Augen.
Sie durfte nicht einschlafen, sonst käme der Morgen zu schnell.
Sie stand auf.
Sie nahm nicht den Mantel. Wozu sich bedecken?

Im Hotel war niemand.
Sie ging geräuschlos aus dem Zimmer.
Sobald das Wasser aus dem Hahn zu laufen begann, spürte Laure, daß sie schrecklichen Durst hatte. Sie trank viel und begoß sich dann Gesicht und Hals.
Sie war nicht mehr müde.
Sie betrachtete sich im Spiegel. Warum stellten sich ihre Haare so auf?
Ihr fiel jetzt wieder ein, daß sie sie, so wie sie waren, im Auto getrocknet hatte.
Und wenn sie bedachte, daß sie in jenem Augenblick vorhatte, zum Essen zu Marie zu gehen.
Marie. Früher hätte sie nichts Eiligeres zu tun gehabt, als sie anzurufen und mit ihr über Frédéric zu reden, ihr alles zu erzählen. Das war vorbei.
Laure zuckte mit den Schultern. Sie glaubte fast, das Kindergeschrei neben dem Telefon zu hören. Und das plötzliche Schweigen Maries, wenn sie sich statt Frédéric Bernard vorstellte, der ins Auto einer Unbekannten stieg und die Nacht mit ihr verbrachte.
Laure würde Marie nichts von Frédéric erzählen.
Jemand anderem auch nicht.
Sie war alleine.

Plötzlich schienen ihr die Wassertropfen, die an ihrer Haut herunterperlten, ganz kalt.
Sie suchte ein Handtuch. Es gab nur eines, es war ein bißchen feucht.
War es das, was Frédéric benutzt hatte?
Laure roch daran. Ja.
Sie tauchte ihr Gesicht hinein, rieb es langsam über ihren Hals, ihre Brüste.
Noch einmal.
Der Frotteestoff war ein bißchen rauh. Das tat gut.
Laure lächelte.
Sie drückte die flache Hand gegen die Wand. Frédéric war da, genau auf der anderen Seite. Er schlief. Sie würde zu ihm zurückgehen und sich neben ihn legen, in die Wärme seines schlafenden Körpers. Dann würde sie ihn küssen, auf die Stirn oder die Lider, und er würde wieder aufwachen.
Morgen war noch weit.
Sie verließ das Badezimmer.
Frédéric schlief nicht mehr. Er saß auf der Bettkante.
Laure ging zu ihm. Er schlang seine Arme um sie, drückte seinen Kopf gegen ihren Bauch.
Sie legte ihre Hände auf sein graues Haar, auf die

dünne blasse und ganz flaumige Linie, die es teilte.
Sie blieben so, ohne sich zu bewegen.
Plötzlich fing Laures Magen zu brummen an. Sie versuchte, sich ihm zu entziehen, sie wollte nicht, daß er es hörte, doch er hinderte sie daran. Er hielt sie noch fester umschlungen.
Da hatte sie kein Verlangen mehr, sich zu rühren.
Frédéric drückte sie an sich. Sie fühlte auf ihrer Haut die genaue Form seines Ohrs, sie spürte das geringste Zucken seiner geschlossenen Lider.
Er horchte auf das Geräusch ihres Körpers, er hörte alles. Und er drückte sie immer fester.
Wenn er nur so bliebe, sie nicht losließe.
Jetzt schien es ihr, als sei es Frédérics ganzes Gesicht, das sich nach und nach auf ihrem Bauch einprägte.
Und dann richtete er sich auf, seine Arme ließen sie los.
Ein lauter Kuß auf Laures Magen, und er stand auf.
»Komm, wir gehen essen. Ich habe Hunger.«
Sie hatte seit gestern abend mit François nichts gegessen.
Das lag weit zurück.

Sie hatte auch Hunger.
Frédéric hob die Kleider auf und legte sie aufs Bett, die von Laure auf die eine, seine auf die andere Seite.
Sie zogen sich an.
Mantel, Lederjacke, sie waren fertig zum Ausgehen.
Kurz bevor sie das Zimmer verließen, sah Laure sich um.
Das Bett war kaum benutzt, sie hatten sich nicht zwischen die Bettücher gelegt.
Nicht die geringste Spur.
Es blieb nichts zurück.
Das Zimmer war leer.
Laure seufzte.
Sie hatte nur die Kleider, die sie trug, und ihre Handtasche. Nichts, das sie hierlassen und nachher bei ihrer Rückkehr wiederfinden könnte.
Denn sie würden wiederkommen, dessen war sie sich sicher.
Sie gingen ins Restaurant essen, ihre Beine würden sich unter dem Tisch vereinen, sie würden sich nach jedem Bissen küssen und danach würden sie hierher, in ihr Zuhause, zurückkehren.

Frédérics Geruch lag auf den Kopfkissen, der Bettdecke, und sein Aschenbecher war da, auf dem Nachttisch.
Auch leer war das Zimmer ihres.
Sie schloß das Zimmer zweimal ab, hielt einen Augenblick lang den Schlüssel in der Hand und ließ ihn dann in ihre Tasche gleiten.
Frédéric wartete auf sie.
Sie stürzten die Treppe hinunter. Sie konnten laut sein, sie waren alleine.
Als sie im Eingang ankamen, tauchte der junge Mann hinter der Empfangstheke auf.
Er hielt Frédéric einen kleinen gelben Zettel hin.
»Das ist der Code, ich hatte vergessen, ihn Ihnen zu geben. Sie können sonst nicht rein.«
Frédéric faltete den Zettel sorgfältig und steckte ihn in die Tasche seiner Jeans.
Sie gingen. Er nahm ihren Arm und zog sie nach rechts. Er schien zu wissen, wohin er ging, sie ließ sich führen.
Sie gingen schnell. Laure sah zurück. Das Hotel war schon weit. Sie drückte sich eng an Frédéric. Sie hatte den Schlüssel, er den Code. Sie würden zurückkommen.

Die Temperatur war gefallen, dennoch knöpfte Laure ihren Mantel nicht zu.

Solange der warme Abdruck von Frédérics Gesicht auf ihrem Bauch blieb, würde ihr nicht kalt sein.

Sie bogen in eine große Straße ein.

Nirgendwo leuchtete ein Schild. Alles war geschlossen.

Frédéric ließ Laures Arm los, zündete sich eine Zigarette an.

Das Nikotin an seinen Fingern, auf seinen Lippen.

Sie würden nicht essen. Was würde es ausmachen? Sie würden jetzt ins Hotel zurückkehren.

Sie machten noch ein paar Schritte. Noch immer nichts.

Laure machte sich schon bereit umzukehren, als Frédéric plötzlich anhielt.

»Siehst du das Licht dort hinten? Ich glaube, es ist ein Restaurant.«

Laure folgte ihm. Er rannte fast.

Es war eine Pizzeria, und sie hatte auf.

Ein Kellner führte sie an einen Tisch und gab ihnen die Karte.

»Ich muß Sie bitten, schnell zu wählen, denn der Chef wird bald gehen. Freitags schließen wir normalerweise spät, aber bei diesem Streik bleiben die Gäste aus. Das ist normal, wenn die Leute es einmal geschafft haben, zu Hause zu sein, wollen sie nicht wieder ausgehen.«

Frédéric nahm die Karte und legte sie in die Tischmitte, damit Laure sie lesen könnte. Dann wühlte er in einer seiner Jackentaschen und zog eine Brille hervor. Er setzte sie auf. Sie stand ihm gut. Die Fassung aus Metall war schwarz. Schwarz wie seine Wimpern, seine Augenbrauen und seine Augen. Der Bügel verlief in einem dünnen Strich quer über seine Schläfe, hob leicht sein Haar an und verschwand hinter dem Ohr, dort, wo die Haut so zart ist.

François trug keine Brille. Er brauchte keine, er war noch zu jung.

Der Kellner wartete. Frédéric legte die Karte ab. Laure hatte noch nicht einmal einen Blick hineingeworfen. Sie bestellte alles wie er. Vorspeise und Pizza.

Er verlangte Wein.

»Trinkst du auch welchen?«

»Ja.«

Er schob seinen Stuhl näher an den Tisch, seine Knie stießen an die von Laure. Er lächelte sie an,

über dem Brillenrahmen zeigten sich Fältchen um seine Augen.
Er beugte sich vor. Sie auch. Laures Atem beschlug seine Brillenglashälften. Ihre Gesichter wollten sich gerade berühren, als es plötzlich kühl hereinzog. Sie richteten sich wieder auf.
Ein Paar hatte das Restaurant betreten.
Die Frau trug ein Kostüm, der Mann einen Anzug. Sie hatten die gleichen Turnschuhe an. Sie sahen müde aus. Sie mußten lange gegangen sein. Der Kellner setzte sie an den Nebentisch.
Warum so nah, wo doch der Saal fast leer war?
Die Frau ließ sich auf die Sitzbank fallen und murmelte, daß sie nicht mehr könne. Der Kellner hielt ihr die Karte hin. Sie schüttelte den Kopf, sie hatte keinen Hunger, sie wollte nichts, nur sitzen.
Der Mann, wahrscheinlich ihr Ehemann, zuckte mit den Schultern. Er bestellte für sich, und der Kellner ging.
Frédéric und Laure sahen sich an.
Gleichzeitig standen sie auf.
Er zog seinen Stuhl nach hinten, sie schob den Tisch vor.
Sie gaben dem Kellner durch ein Zeichen zu ver-

stehen, daß sie den Platz wechselten, und setzten sich ans andere Ende des Raums.
Hier waren sie alleine.
Frédéric nahm die Brille ab. Er griff in Laures Nacken, zog sie an sich und küßte sie.
Sie ließen voneinander ab, als der Kellner ihnen eine Karaffe Wein und Brot brachte.
Frédéric füllte die Gläser und erhob seines.
Sie stießen an.
Laures Arm blieb oben.
Sie hatte Durst und trank mit Frédéric, sie hatte Hunger und aß nun mit ihm. Und danach würden sie zusammen ins Hotel zurückkehren.
Der Koch schob zwei Pizzas in den Ofen, beide genau gleich, ihre Pizzas. Der Kellner kam wieder und stellte einen Teller mit Vorspeisen, die sie sich teilen würden, zwischen ihnen ab.
Sie hob ihr Glas an die Lippen.
Sie tranken denselben Wein, sie würden dasselbe essen, ihre Münder würden den selben Geschmack haben.
Frédéric nahm das Besteck.
Laure hielt ihm ihren Teller hin.
»Ich will von allem.«
Er gab ihr von allem und bediente sich selbst.

Dieses Weiche, diese Süße auf ihrer Zunge, an ihrem Gaumen. Laure war früher nie die Beschaffenheit des Fleisches gegrillter Paprikaschoten aufgefallen. Man hätte sagen können, die Innenseite einer Wange. Sie ließ jeden Bissen auf der Zunge zergehen. Sie genoß jedes Stück. Sie rutschten in ihre Kehle, ganz glatt. Das war gut.

Ein lautes Geräusch vom anderen Ende des Raumes ließ sie hochschrecken. Sie ließ die Gabel fallen. Frédéric drehte sich um.

Die Frau war, gegen einen Stuhl rempelnd, aufgestanden. Mit schnellem Schritt ging sie durch den Saal.

Sie senkten den Kopf, als sie an ihnen vorbeiging. »Quiek, quiek«, hörten sie die Turnschuhe am Boden quietschen und nichts mehr dann, sie war in den Toiletten verschwunden.

Laure sah den Mann nur von hinten. Aus den Bewegungen seiner Ellbogen schloß sie, daß er aß, ganz ungestört.

Sie aßen die Vorspeisen auf, tranken den ganzen Wein.

Die Frau kam noch immer nicht heraus.

Frédéric stand auf.

»Vielleicht ist ihr was passiert. Ich gehe nachsehen.«
Drüben der Mann hatte sich nicht gerührt.
Laure bestellte beim Kellner noch eine Karaffe.
Er brachte sie und räumte den Tisch ab.
Warum kam Frédéric nicht zurück?
Die Toilettentür ging auf. Es war er. Er setzte sich wieder.
»Alles in Ordnung.«
Er lächelte.
»Weißt du, was sie gemacht hat? Sie hat ein Fußbad im Waschbecken genommen. Sie ist stundenlang gelaufen.«
Die Frau kam nun auch heraus.
»Quiek, quiek.« Laure sah sie sich entfernen. Ihr Gang war leichter. Sie schob sich ohne anzustoßen zwischen den Stühlen zu ihrer Sitzbank durch. Sie winkte dem Kellner und zeigte auf den Teller ihres Mannes. Jetzt hatte sie Hunger, und sie lächelte. Sie sah schön aus.
Laure beobachtete Frédéric. Er zündete eine Zigarette an und füllte die Gläser nach.
Ein Fußbad im Waschbecken. Sie mußte ihren Rock hochgeschoben und ihre Strumpfhose ausgezogen haben. Hatte er sie so überrascht, mit

nackten Beinen und Schenkeln? Und er war bei ihr stehengeblieben, hatte mit ihr geredet, sie betrachtet. Wenn sie mit einem Fuß auf der Erde, dem anderen im Waschbecken das Gleichgewicht hielt, hatte sie sich sicher auf ihn aufgestützt, um nicht zu fallen.

Laure schauderte.

Er nahm ihre Hand, hielt sie in seiner.

»Du bist eiskalt. Willst du meine Jacke?«

»Nein, danke.«

Nicht seine Jacke. Gar nichts mehr.

Sie machte sich los.

Sie trank ein bißchen Wein, atmete tief durch.

Es war beschlossene Sache. Sie würde nach dem Essen gehen. Zu sich nach Hause zurückkehren. Er würde sich mit dieser Frau treffen können oder mit dem Mädchen aus dem Café, es war ihr egal. Sie würde er nie wiedersehen.

»Du bist ganz blaß. Was ist los?«

»Nichts.«

Er beugte sich zu ihr.

Nein. Er würde sie nicht berühren. Es war zu Ende. Sie wich zurück. Der Tisch trennte sie, er konnte ihr nicht noch näher kommen, und dennoch sah Laure seine schwarzen Augen immer größer wer-

den, immer größer. Sie glaubte, von ihm wegzugehen, doch er entfernte sich nicht. Im Gegenteil. Er war da, ganz nahe. Seine Augen waren riesengroß.
Da wurde ihr bewußt, daß er sich nicht mehr bewegte und daß sie es war, die ihr Gesicht seinem entgegenhielt, seinem Geruch, seinen Lippen.
Sie legte ihre Hände in die offenen Handflächen Frédérics, und langsam drangen ihre Hände in die Ärmel seines schwarzen Pullovers vor.
Das sanfte Relief seiner Venen, die Höhle der Armbeuge, der Ansatz seines gewölbten Bizeps, ihre Finger ertasteten alles.
Sie schloß die Augen.
Frédérics Mund war noch zarter, noch weicher als die Paprikaschoten.
Ein Hüsteln. Der Duft von heißem Teig.
Sie richteten sich wieder auf.
Der Kellner wartete, in jeder Hand eine Pizza.
»Verzeihung. Achtung, es ist glühend heiß. Guten Appetit.«
Kaum war er verschwunden, streichelte Frédéric Laures Wange.
»Es geht besser, oder?«

»Viel besser.«
Die Frau dort drüben stocherte in ihrem Teller. Sie sah schon wieder sehr müde aus.
Und sich vorstellen, daß Laure wegen ihr fast gegangen wäre.
Sie neigte den Kopf zur Seite und drückte Frédérics Hand zwischen Wange und Schulter.
Weggehen, sie vermochte noch nicht einmal mehr daran zu denken.
Plötzlich sah sie sich mit ihm bei sich zu Hause. Er hatte bestimmt wenig Sachen, sie würden alle in den Schrank passen, und Laures sämtliche Kleider würden ihren Geruch annehmen.
Sie würden die gläserne Ablage im Badezimmer teilen. Frédérics Eau de Toilette, sein Rasierschaum, sein Rasierwasser, alles, Spray, Stick, Flasche würden dieselbe Marke sein, dasselbe Etikett haben.
Er zog sanft seine Hand zurück und fing zu essen an.
Unter dem Tisch hatten sich ihre Beine wieder vereint.
Laure blickte hinunter auf ihren Teller.
Mit der in der Mitte breit ausgelegten Sardelle schien ihre Pizza sie wie ein rundes Gesicht anzulächeln.

Sie würde die Wohnung behalten, das müßte möglich sein, niemand hatte sie bisher besichtigt. Sie würde ihre Regale wieder aufbauen, alle Kartons wieder auspacken, alle Apparate wieder anstellen und das Telefon wieder anmelden. Alles wäre wieder wie zuvor.

Die Wohnung war winzig? Um so besser. Sie würden nie weit voneinander entfernt sein. Wo immer auch würde sie seinen noch so leisen Schritt hören, das Geräusch seines Feuerzeugs.

Sie runzelte die Stirn. Frédéric rauchte viel. Er würde sich wahrscheinlich schwer an die sechs Stockwerke gewöhnen.

»Ißt du nichts?«

Er hatte schon eine halbe Pizza verschlungen. Laure hatte ihre nicht angerührt.

Sie nahm Messer und Gabel.

Sie vermied es, die Sardelle durchzuschneiden.

Die Pizza war gut. Wäre sie schlecht gewesen, hätte Laure es auch nicht bemerkt. Heute abend schien ihr alles gut.

Frédéric war lange vor ihr fertig. Er zündete eine Zigarette an.

Während er rauchte, beobachtete er Laure. Er sah sie essen und trinken, und seine Augen waren so

schwarz, so glänzend wie die Oliven, die die Pizza garnierten.
Endlich legte sie ihr Besteck zusammen und trank ihren Wein mit zurückgeworfenem Kopf bis auf den letzten Tropfen aus.
Sie war fertig.
Frédéric sah sie noch immer an.
Plötzlich drückte er seine Zigarette aus und nahm Laure beim Handgelenk.
»Komm.«
Er stand auf, sie folgte ihm.
Sie betraten die Toilette. Die Tür war kaum zugefallen, als er Laure an die Wand drückte.
Sie hatte gerade noch Zeit, die Wasserspritzer auf dem Boden unter dem Waschbecken zu entdecken. Das Fußbad. Doch schon spürte sie Frédérics Hände auf ihren Schenkeln, ihren Hüften. Er schob ihren Rock hoch, zog ihre Strumpfhose herunter und dachte nur noch daran, seine Jeans aufzuknöpfen, schnell.
Wenn sie zusammen lebten, würde er nicht mehr diese Kondome überziehen müssen.
Sie stöhnte, laut.
»Scht.«
Er küßte sie auf den Mund, hieß sie schweigen.

Der Kopf drehte sich ihr.
Plötzlich war nichts mehr unter ihren Füßen. Wo war der Boden? Sie hielt sich an Frédéric fest. Mit seinem ganzen Gewicht drückte er sie gegen die Kachelwand. Der Boden war da, hinter ihr die Kacheln, kalt in ihrem Kreuz, da wo sie nackt war.
Ohne daß es ihr bewußt geworden war, hatten sie sich offensichtlich zu Boden gleiten lassen.
Frédérics Lippen, seine Zunge liefen über ihren Hals, bis hinab zu ihren Brüsten. Sie wollte schreien, sie konnte nicht mehr an sich halten. Sie versteckte ihr Gesicht in dem schwarzen Rollkragen, preßte ihren Mund gegen Frédérics Schulter.
Ihre Atmung beruhigte sich langsam.
Sie hatte keinen Ton von sich gegeben, dessen war sie sich sicher.
Frédéric löste sich von ihr. Sie wäre fast gefallen.
Sie standen. Sie lagen nicht am Boden.
Die Kacheln hinter ihr waren die Kacheln der Wand.
Sie hustete. Etwas kratzte in ihrer Kehle.
Wollhärchen, die von Frédérics Pullover stammten.

Sie trank etwas Wasser.
Jeder brachte seine Kleidung in Ordnung.
Sie hoben gleichzeitig den Kopf und sahen sich im Spiegel.
Laure und Frédéric. Frédéric und Laure.
Ihre Spiegelbilder lächelten sich an.
Frédéric ging als erster hinaus.
Laure blieb alleine zurück. Ihre Wangen waren rot, ihre Lippen geschwollen. So konnte sie sich nicht sehen lassen.
Sie spritzte sich Wasser ins Gesicht. Es war zwecklos.
Als sie in den Saal zurückkam, schien es ihr, daß der Kellner, die Frau und die wenigen anderen Gäste, daß alle sie beobachteten. Sie richtete sich auf. Welche Bedeutung hatte das schon? Sie kannte diese Leute nicht, sie kannte noch nicht einmal dieses Viertel. Mochten sie sie beobachten, sie würde sie nie wiedersehen.
Sie setzte sich wieder Frédéric gegenüber.
Der Kellner brachte ihnen die Karte; ohne daß sie es wollte, senkte Laure die Augen, um seinem Blick nicht zu begegnen.
Frédéric setzte seine Brille nicht wieder auf. Er gab sich damit zufrieden, die Speisekarte auf Armes-

länge entfernt zu halten. Er wollte ohnehin keinen Nachtisch.
Sie bestellten zwei Kaffee.
Das Restaurant war leer. Manche Gäste waren gerade gegangen, andere schlüpften in ihre Mäntel, stellten die Kragen hoch.
Nur noch das Paar mit den Turnschuhen blieb.
Plötzlich war Laure kalt. Wahrscheinlich weil die Tür mehrmals auf- und zugemacht worden war.
Das heisere Geräusch der Espressomaschine war zu hören. Ihre Kaffees kamen. Sie schloß ihre Hände um die kleine heiße Tasse.
Geldstücke klingelten in einer Untertasse.
Der Mann und die Frau waren aufgestanden. Sie gingen.
Frédéric und Laure waren die letzten.
Der Kellner fing an, den Saal zu fegen.
Bald, wenn sein Besen an die Beine der Nachbartische stieß, würden sie aufbrechen müssen.
Frédéric trank seinen Kaffee in einem Zug aus.
Er wirkte müde.
Und wenn er sich entschlösse, zu sich nach Hause zu gehen?
Würde er sie bis zu ihrem Auto begleiten, oder

würde er sie vor dem Restaurant auf dem Trottoir dieser verlassenen Straße zurücklassen?
Weder noch.
Sie konnte ihn sich nicht bei ihm zu Hause vorstellen, wie er seine Taschen leerte, jenen gelben Zettel, den er vorhin so sorgfältig gefaltet hatte, den Hotelcode, der nun nutzlos war, zerknüllte und wegwarf.
Nein, sie konnten sich nicht trennen, nicht jetzt.
Sie würde nicht in ihre leere Wohnung zurückkehren, alleine mit den Kartons. Sie würde nicht in ihrem klapprigen Bett schlafen und nicht den Staubgeruch einatmen.
Sie nahm Frédérics Beine zwischen ihren Beinen gefangen.
Sie würden zusammenbleiben.
Laures Hände waren wieder warm. Sie mußten die ganze Hitze der Tasse in sich aufgenommen haben, denn der Kaffee selbst war fast kalt. Egal. Er war stark und würde sie wachhalten.
Die Nacht war nicht zu Ende.
Sie hatte kaum die Tasse abgesetzt, als der Kellner schon mit der Rechnung auftauchte.
Laure schnappte sie sich als erste.
»Diesmal bin ich dran.«

Sie zog ihr Scheckheft heraus, holte einen Füller hervor. Plötzlich blieb ihr Blick auf der Adresse haften, die in dem rechteckigen Ausschnitt des dünnen Umschlags zu lesen war. Ihre Adresse, dieselbe seit acht Jahren.
Morgen würde sie eine andere haben. Eine andere Adresse, ein neues Leben.
Sie zog die Füllerkappe ab und sah, wie immer, wenn sie einen Scheck ausfüllte, auf ihre Uhr, auf das winzige Quadrat, das an der Stelle der Drei war und das Datum anzeigte.
Sie runzelte die Stirn, betrachtete das Zifferblatt, die beiden Zeiger.
Mitternacht war seit langem vorbei. Es war schon der nächste Tag.
Heute würde sie umziehen.
Sie hielt ihren Füller fest zwischen den Fingern und drückte die Feder stark aufs Papier, sie trug das Datum von gestern ein, das Datum vor Mitternacht. Das von Freitag.
Und sie unterschrieb.
Dann löste sie die Uhr vom Handgelenk und ließ sie in der Handtasche verschwinden.
Sie hatte kein Kleingeld, Frédéric hinterließ ein Trinkgeld.

Der Kellner bedankte sich. Er hatte seinen Besen wieder in die Hand genommen. Sie gingen zur Tür, dem kleinen Häufchen aus Bröseln, Staub und Asche in der Mitte ausweichend.

Sie fanden sich wieder draußen.

Laure sah sich um.

Nicht ein einziges Auto, nichts, niemand. Wie könnte Frédéric einfach davongehen?

Er nahm sie am Arm. Sie gingen los.

Sie würden sich nicht trennen.

Laure fand, vielleicht weil sie gegessen hatte, daß es nicht mehr so kalt war.

Wie zuvor ließ sie sich führen. Es war fast schon eine Gewohnheit. Er konnte sie mitnehmen, wohin er wollte, sie würde ihm folgen.

Kehrten sie ins Hotel zurück? Sie wußte es nicht. Mit ihren gesenkten Augen sah sie nichts als ihre Füße, die zusammen vorwärtsgingen, feste Schuhe und schmale Slipper immer im Gleichschritt.

Linke Füße, rechte Füße. Linke, rechte. Laures Lider wurden schwer. Sie war müde, sie auch. Wenn sie jetzt ins Hotel zurückkehrten, würden sie gewiß sofort einschlafen, alle beide.

Sie hätte einen zweiten Kaffee trinken sollen.

Sie legte ihren Kopf an Frédérics Schulter.

Er ließ ihren Arm los, nahm sie um die Taille, sie fest umschlingend.
Und warum nicht zurückkehren und schlafen?
Sie würden sich ausziehen und schlafen gehen. Sie würde Frédéric die Nachttischseite lassen. Sie würden sich in die Laken räkeln, sie bis zum Kinn hochziehen. Aneinandergeschmiegt würden sie es schön warm haben, nur ihre Gesichter würden herausschauen und den Bruchteil eines Augenblicks lang Frédérics nackter Arm, wenn er die Lampe ausmachte.
Die Augen fielen ihr zu. Sie sah nichts, sie hörte nichts, noch nicht einmal das Geräusch ihrer eigenen Schritte.
Sie ging mit ihm schlafen.
Sie richtete sich wieder auf. Frédérics Arm hatte von ihrer Taille abgelassen. Sie blinzelte. Das Licht, der kleine gelbe Zettel, sie waren da.
Sie hatte den Schlüssel, sie stieg als erste hinauf. Frédéric war unmittelbar hinter ihr. Einer hinter dem anderen gehend, streiften ihre Ellbogen die Wand.
Zwei Umdrehungen im Schloß, und die Tür war offen. Die zerknitterte Bettdecke, die Vertiefung, die Frédérics Kopf mitten auf dem Kopfkissen

gelassen hatte, der Aschenbecher, es war ihr Zimmer.

Sie stellte ihre Handtasche ab und hängte den Mantel auf. Er hängte seine Jacke auf einen Bügel und legte Zigaretten und Feuerzeug auf den Nachttisch.

Dann ging er zum Heizkörper.

»Macht es dir was aus, wenn ich die Heizung herunterdrehe?«

»Nein, im Gegenteil.«

Er beugte sich vor und drehte, die Hand über dem Luftgitter, am Knopf.

Laure beobachtete ihn. Bei ihr gab es genau denselben Heizkörper, der an derselben Stelle angebracht war, unter dem Fenster.

Plötzlich sah sie sich um.

Klein, quadratisch und mit niedriger Decke, glich dieses Zimmer ihrem.

Laure hielt inne.

Es war ihres.

Sie war bei sich mit Frédéric. Und wie alle Abende stellte er die Heizung herunter. Denn nachts, zusammen, war ihnen immer warm.

Frédéric zündete eine Zigarette an und ließ sich aufs Bett fallen.

Laure glaubte fast, das »Plang« zu hören.
Sie ging ins Badezimmer. Wahrscheinlich wegen der Sardellen hatte sie Durst. Sie ließ Wasser laufen und wollte gerade trinken, als sie aus dem Zimmer einen Schlag und einen zweiten hörte. Sie lächelte. Frédéric hatte sich von seinen Schuhen befreit. Er war dabei sich auszuziehen. Sie drehte den Wasserhahn zu, lauschte. Nichts mehr.
Er zog seinen Pullover aus, sie war sich sicher. Sein Oberkörper enthüllte sich nach und nach. Zunächst sein Bauch, den die schwarze Wolle noch weißer erscheinen ließ, dann, je mehr sich seine Arme hoben, die leicht gewellte Oberfläche seiner Rippen und das Dunkel seiner Achselhöhlen.
Warum trug François nie einen Rollkragenpullover?
Laure setzte sich auf den Badewannenrand.
François.
Sie versenkte ihr Gesicht in beide Hände. Auf einmal hörte sie ein schwaches Klingeln. Die Gürtelschnalle von Frédéric war am Boden aufgeschlagen. Er hatte seine Jeans ausgezogen. Und jetzt würde er sich hinlegen. Sie auch.

Schnell trank sie noch ein bißchen Wasser, putzte sich die Zähne mit ihrem Zeigefinger und kehrte ins Zimmer zurück.

Er hatte sich die Nachttischseite ausgesucht.

Den Arm hinter dem Kopf abgeknickt, beobachtete er Laure, wie sie sich auszog.

Kaum lag sie bei ihm, machte er das Licht aus. Und er rührte sich nicht.

Das Bett war nicht sehr breit. Sie lagen Seite an Seite, und dennoch schien es ihr, als ob sie weit voneinander entfernt lägen, so weit, daß sie ihn noch nicht einmal atmen hörte.

Sie wollte näher zu ihm, doch traute sie sich nicht. Vielleicht war er am Einschlafen.

»Laure.«

Sie fuhr zusammen.

»Ja.«

Es war das erste Mal, daß er sie bei ihrem Vornamen rief.

Was würde er ihr sagen? Sie hielt den Atem an.

Er sagte nichts, doch sein Bein und sein Arm bewegten sich, und seine Hand schloß sich um Laures Hand, sein Fuß legte sich auf ihren.

In der Stille hörte sie ihn endlich atmen.

Dann, allmählich, ließ der Druck seiner Finger nach und langsam, in kleinen Rucken, fiel seine Hand auf die Matratze zurück.
Er war eingeschlafen.
Die Augen im Dunkeln weit geöffnet, sagte sie sich immer wieder »Laure«, so wie Frédéric es ausgesprochen hatte, mit einer leichten Dehnung auf der ersten Silbe.
Sie war nicht mehr müde.
Sie wußte jetzt, daß sie diese Nacht nicht schlafen würde.
Sie seufzte. Sie konnte auch nicht so bleiben, unbeweglich.
Vorsichtig zog sie ihren Fuß zurück, schob sich zum Bettrand.
Sie verharrte einen Augenblick.
Frédéric rührte sich nicht.
Dann stand sie auf.
Die Fensterscheiben, eine Zimmerecke, die Wand, sie tastete sich vor. Fast wäre sie über seine schweren Schuhe gestolpert. Frédérics Socken waren darin zu Kugeln zusammengerollt. Sie nahm sie, holte ihren Mantel vom Haken und ging lautlos hinaus. Sie ließ die Tür angelehnt. Wenn er aufwachte und sie rief, würde sie ihn hören.

Sie zog den Mantel an, schlüpfte in die Socken und drang ins Nebenzimmer vor.
Unnötig, das Licht anzumachen. Die Läden waren nicht verschlossen, die schwachen Lichter von draußen erhellten das Zimmer ein wenig. Laure sah genug.
Sie ging zum Fenster und öffnete es.
Auf das Fenstersims gelehnt, betrachtete sie die leblose, ruhige Straße, das Trottoir, wo sie, nachdem sie sich geküßt hatten, den weißen Dunst aus Frédérics Mund eingeatmet hatte. Und den Fahrdamm, den sie Hand in Hand überquert hatten, um hier anzukommen, im Hotel.
Die eisige Luft trieb ihr Tränen in die Augen. Sie schloß den Fensterflügel wieder.
Sie legte sich aufs Bett.
Sie sah neben der Tür den Kleiderbügel aus Metall, der seit ihrem Eintreten nicht aufgehört hatte, sich hin- und herzubewegen. Sie schloß die Augen. Ohne Frédéric war dieses Zimmer nichts als ein Hotelzimmer, nüchtern und traurig.
Und ohne seinen Geruch stank das Bett nach Bleichmittel. Laure fröstelte. So war es fast immer, kaum entfernte sie sich von ihm, war ihr kalt.

Wie gut, daß Frédérics Socken sie warm hielten. Sie lächelte. Sie waren ihr viel zu groß, und ihre aufgestellten Füße sahen im Halbschatten aus wie zwei lange Hasenohren.
Plötzlich erfror ihr Lächeln.
Sie würde diesen Mann nicht verlassen können.
Mit einem Satz stand sie auf.
Sie würde zu ihm zurückkehren, er würde wachwerden und mit ihr sprechen.
Bevor sie hinausging, blieb sie kurz stehen. Sie würde nie mehr in dieses Zimmer zurückkehren. Sie würde sich nie mehr von Frédéric trennen.
Sie gab dem Kleiderbügel einen kurzen Stoß und schloß die Tür hinter sich.
Die Wand, die Zimmerecke, das Fenster. Laure legte den Mantel ab und zog die Socken aus.
Frédéric hatte sich auf die Seite gedreht, sie legte sich eng an ihn, preßte ihre Schenkel an seine, ihren Bauch an sein Kreuz, ihre Lippen auf seinen Nacken.
Wie hatte sie, sei es auch nur einen Augenblick lang, auf seine Wärme verzichten können?
Von nun an würden sie jede Nacht zusammen schlafen.
Anstelle des alten klapprigen Bettes würde sie ein

neues, schmaleres kaufen, wo sie sich schon bei der geringsten Verlagerung berühren würden.
Frédéric regte sich, seine Rückenmuskeln rieben sich sanft an Laures Brust.
Sie preßte sich noch mehr an ihn.
Warum wurde er nicht wach?
Mit ihrem Mund tippte sie seinen Nacken an. Er neigte ein wenig den Kopf und zeigte dadurch noch mehr von seinem Hals.
Schlief er noch immer?
Laures Lippen verfolgten den Hals bis an den Ansatz der Haare, wo sie nichts als Flaum sind.
Er schauderte. Dieses Streicheln ihrer Brust, Laure atmete schwerer.
Er bewegte sich weg von ihr, entzog sich.
Er war aufgewacht.
Er drehte sich um, und sie sahen sich im Dunkeln an. Sie blieben so, ganz nah aneinander, ohne sich zu rühren.
Sie sahen sich nicht, sie faßten sich nicht an, doch sie sog Frédérics Atem ein, und er, er sog Laures Atem ein.
Und dann stießen sie im selben Augenblick denselben Seufzer aus, und sie vereinten sich wieder.
Laure warf sich auf den Rücken, Frédéric mit sich

ziehend. Er machte sich sogleich los, brummelte etwas und stand auf.
Sie hörte ihn in seinen Kleidern wühlen.
Sie atmete auf. Die Kondome, fast hätten sie sie vergessen.
Er kam zu ihr und warf die Laken zurück.
Laure rührte sich nicht. Der Länge nach ausgestreckt, wartete sie, daß er sich auf sie legte.
Sie wollte sein ganzes Gewicht auf sich spüren.
Er beugte sich über sie.
Seine Hände legten sich auf ihre offenen Handflächen, stützen sich auf ihnen ab.
Seine Ellbogen streckten sich.
Und nach und nach senkte sich sein Körper, senkte sich bis er Laures Körper ganz bedeckte.
Brust, Bauch, Schenkel, Arme, er lag ganz auf ihr.
Sie hätte ihn sich noch schwerer gewünscht.
Ihr Kopf reckte sich, ihre Lippen suchten die Lippen Frédérics.
Ihr Beine öffneten sich.
Und sie waren ineinander verkeilt.
Sie küßten sich, ihr Speichel vermischte sich.
Sie schwitzten. Ihr Schweiß vereinte sich.
Plötzlich umklammerten Laures Schenkel Frédéric noch mehr, zogen ihn noch näher.

Sie entzog ihren Arm, preßte ihn gegen ihren Mund.

Ihre Haut, ihre eigene Haut roch nach Rasierwasser, Tabak und Leder.

Ihre Atmung stockte, ihre Muskeln spannten sich.

Frédérics Geruch war endlich ihr eigener geworden.

Ihr Arm fiel zurück, ihre Beine lösten sich.

Sie atmete wieder.

Frédérics Mund flog über ihren Hals, blieb an ihrer Schulter hängen.

Seine geöffneten Lippen kamen und gingen, sanft, leicht.

Er atmete immer schneller.

Plötzlich hörte sein Mund auf sich zu bewegen.

Preßte sich gegen Laures Haut.

Sie fühlte eine kurze und harte Berührung.

Und Frédérics Zähne trieben sich ins Fleisch ihrer Schulter.

Laure stemmte sich dagegen.

Nein.

François.

Sie wollte keine Flecken, keine Spuren, nichts.

Sie stieß Frédéric zurück.

Sofort öffneten sich seine Zähne, sein Mund verschwand von Laures Schulter. Sein Körper schien

plötzlich leichter zu sein. Und er bewegte sich nicht mehr.
Brust, Bauch, Schenkel, Arme, er lag noch immer auf ihr, aber er preßte sich nicht mehr an sie.
Sie lagen aufeinander, das war alles.
Was war geschehen? Warum hatte sie ihn weggestoßen?
Mit ihrer ganzen Kraft zog sie ihn an sich. Er ließ es geschehen.
Sie blieben so einen Moment lang, dann machte er sich los.
Die Matratze gab ein wenig nach, er hatte sich auf den Bettrand gesetzt.
Laure wartete auf das Feuerzeugflämmchen, den Tabakgeruch.
Nichts. Frédéric rauchte nicht.
Er stand auf und ging aus dem Zimmer.
Ein langer weißer Lichtstreifen erschien in der halboffenen Tür, als er das Flurlicht anmachte.
Dann waren Wassergeräusche zu hören.
Und wenn er sich entschied zu gehen?
Sie hatte ihn weggestoßen, wie konnte sie ihn nun festhalten?
Er kam zurück. Die Tür schloß sich, und es herrschte wieder Dunkelheit.

Er legte sich wieder hin. Laure hörte, wie er sein Kopfkissen aufschüttelte.
Er ging nicht.
Sie zuckte zusammen, als er mit einer unvermittelten Geste die Laken über sie zog, über ihre beiden Körper, die nun durch die ganze Bettbreite getrennt waren.
Er drehte ihr den Rücken zu, sie war sich sicher.
Und diesmal würde er nicht ihren Vornamen rufen, er würde nichts sagen.
Sie würden sich nicht mehr nahekommen.
Es würde Schweigen herrschen.
Schweigen. Laures Lider fielen zu. Die Kühle der Laken auf ihren Beinen, das Gewicht der Bettdecke.
Sie würde einschlafen.
Und wenn sie zu spät wach würde?
An diesem Morgen zog sie um.
Heute würde sie bei François einziehen.
Nein, sie durfte nicht schlafen.
Sie versuchte, die Augen zu öffnen, doch es gelang ihr nicht.
Sie war zu schwerfällig, ihr Körper wollte sich nicht rühren, und dennoch erschien es ihr einen kurzen Augenblick lang, als ob einer ihrer Arme

sich von ihr entfernte und zur anderen Seite des Bettes ausstreckte, dorthin, zu Frédéric.
Laure tastete ihr linkes Handgelenk ab. Wo war ihre Uhr?
Ihr fiel ein, daß sie sie in ihre Handtasche gesteckt hatte.
Sie stand auf. Die Tasche mußte am Boden liegen, am unteren Bettende. Sie bückte sich, tastete. Da war sie. Sie nahm ihre Uhr heraus.
Unmöglich, die Uhrzeit zu erkennen, so dunkel war es.
Sie hielt das Zifferblatt an einen Spalt zwischen den Fensterläden und sah nur einen einzigen Zeiger.
Es war fünf nach halb sieben.
Sie mußte nach Hause, die Möbelpacker kamen um acht.
Sie suchte ihre Kleider zusammen, begann sich anzuziehen.
Sie ließ die Arme in die Ärmel ihres Pullovers gleiten, hob ihn über ihren Kopf, zog ihn nach unten. Wolle preßte sich auf ihre Augen, ihre Nase, ihre Lippen, bedeckte ihr ganzes Gesicht.
Es war Frédérics Rollkragenpullover, den sie da anzog.

Sie blieb einen Augenblick in seinen Geruch getaucht, in seine Wärme.
Dann zog sie Frédérics Pullover, ihn langsam über ihre Haut streifend, aus.
Und sie zog ihren an.
Schlief Frédéric noch immer?
Laure holte ihre Slipper und ließ einen zu Boden fallen.
Sie hielt inne, lauschte.
Kein Laut, nicht das geringste Rascheln eines Lakens, nichts.
Hätte sie nicht seinen Rollkragenpullover gefunden, hätte sie glauben können, er sei fort.
Sie ging am Bett entlang.
Sie sah nichts.
Wo war der Lichtschalter?
Ihre Hände tasteten suchend auf dem Nachttisch, fanden das Feuerzeug. Sie zündete es an und verbarg die Flamme in der hohlen Hand.
Endlich sah sie Frédéric.
Das Laken bis zum Hals hochgezogen, die Wange auf dem Kopfkissen, schlief er.
Sie kniete sich ganz dicht bei ihm nieder.
Sie ging noch näher an ihn heran. Mit ihrem Mund berührte sie fast sein Ohr.

»Frédéric.«

Seine geschlossenen Lider bewegten sich. Er hatte es gehört, sie war sich sicher. Doch er rührte sich nicht, er machte nicht die Augen auf.

Er wollte sie nicht hören, nicht sehen.

Er tat, als ob er schliefe.

Er wollte, daß sie ging.

Laures Daumen ließ den Hebel des Feuerzeugs los.

Sie stand nicht sofort auf.

Im Dunkeln über Frédéric gebeugt, holte sie tief, tief Atem.

Ein letztes Mal atmete sie seinen Geruch ein.

Dann nahm sie ihren Mantel und ihre Handtasche und verließ ihr gemeinsames Zimmer.

Als sie die unterste Treppe erreicht hatte, fühlte sie sich elend. Ihre Ohren dröhnten. Sie erstickte.

Sie bemerkte auf einmal, daß sie noch immer nicht ausgeatmet hatte.

Sie hatte den Atem angehalten.

Da öffneten sich ihre Lippen allmählich, so langsam wie möglich ließen sie Frédérics Geruch frei.

Kaum hatte sich die Glastür hinter ihr geschlossen, nahm die Kälte von ihr Besitz.

Sie zog ihren einzigen Handschuh an, steckte die

bloße Hand in die Manteltasche und ließ, ohne sich umzudrehen, das Hotel hinter sich.
Der Klang ihrer Absätze tönte durch die Nacht.
Eine Kreuzung. Sie ging nach links.
Eine zweite. Sie zögerte. Nach rechts wahrscheinlich.
Sie erkannte keine dieser Straßen. Wenn sie gestern hier entlang gegangen waren, so erinnerte sie sich nicht daran. Sie küßten sich, sie hatte nichts gesehen.
Sie entdeckte ein großes Schaufenster und lächelte. Hatten sie sich nicht einen langen Augenblick lang dagegengelehnt?
Sie beschleunigte den Schritt.
Manchmal wurde sie langsamer, sah auf den Boden.
Vielleicht fand sie ihren Handschuh wieder.
Sie fing an, sich die Autos anzusehen. Ihres war bestimmt nicht mehr weit.
Da war es.
Nein.
Sie ging weiter.
Jetzt suchte sie nach der Leuchtreklame des Cafés, sie sah sich jedes Auto an.
Nichts.

Jemand ging auf dem gegenüberliegenden Trottoir, eine alte Frau mit Hund.
Laure ging über die Straße. Gestern war sie an einer Metrostation vorbeigekommen. Wenn sie die Station fand, dann würde sie auch ihr Auto wiederfinden.
Sie ging auf die Frau zu.
»Entschuldigen Sie, könnten Sie mir sagen, wo ich die nächste Metrostation finde?«
Die Frau wich zurück, sie zog an ihrer Hundeleine.
»Es fährt keine Metro. Es ist Streik.«
Der Hund knurrte. Laure gab es auf, mehr zu erfahren. Sie ging weiter.
Und wenn sie zum Hotel zurückkehrte?
Sie sah sich um.
Überall waren Straßen, rechts und links, geradeaus.
Sie hatte sich verlaufen.
Sie wußte jetzt, daß sie weder das Hotel noch ihr Auto wiederfinden würde.
Es war fünf nach sieben. Sie würde die Möbelpacker verpassen.
Also fing sie an zu laufen, einfach vorwärts. Sie lief und lief. Sie würde schon irgendwo hinkommen.

Plötzlich gelangte sie auf eine größere Straße. Die mit der Pizzeria?
Egal. Es war eine große Straße mit fahrenden Autos und ein paar Fußgängern.
Laure ließ sich auf eine Bank am Trottoir fallen.
Sie war außer Atem, und sie schwitzte.
Allmählich beruhigte sie sich.
Alles würde sich lösen. Sie würde sich neben die rote Ampel stellen und ein Auto anhalten. Sie würde rechtzeitig heimkommen.
Ein Taxi. Es war frei.
Sie stand mit einem Satz auf, sprang auf den Fahrdamm und winkte mit den Armen.
Er hielt an. Sie stieg ein.
Als sie ihm ihre Adresse sagte, spürte sie, daß ihre Stimme zitterte.
Das Taxi fuhr los.
Sie knöpfte den Mantel auf, lehnte den Kopf an die Scheibe.
»Ist Ihnen nicht gut?«
Der Taxifahrer beobachtete sie im Rückspiegel.
Er war alt. Sein Sitz war nicht mit Holzkugeln bespannt.
»Doch, doch, es geht. Ich bin nur ein bißchen müde.«

Er zuckte mit den Schultern.
»Sie sind nicht die einzige. Das kommt von diesem Streik. Ich hoffe, er hört bald auf.«
Laure antwortete nicht.
Es war kein Verkehr. Sie würden bald auf den Boulevard kommen, wo sie Frédéric getroffen hatte.
Und selbst wenn sie schnell und in entgegengesetzter Richtung führen, würde sie den Baum wiedererkennen, an dem er stand, bevor er in ihr Auto einstieg.
Ihr Auto. Sie würde François erzählen, man hätte es ihr vor der Haustür gestohlen.
Sie wischte das beschlagene Fenster ab.
Der Boulevard kam näher.
Laure ließ sich in den Rücksitz fallen.
Der Streik war nicht vorbei, er würde andauern.
Die Leute würden weiter zu Fuß gehen, und ab sofort würde Laure es ihnen gleichtun. Sie würde den Baum aufsuchen und dort Frédéric wiederfinden.
Vielleicht.
Sie streckte die Beine aus, machte die Augen zu.
Und mit der flachen Hand strich sie den roten Rock glatt.

Die Originalausgabe erschien unter dem Titel
»Vendredi soir«

Gesetzt aus der 10,5 Punkt Stone Informal
von Reprographia Medienhaus, Lahr
Printed in Germany
Schutzumschlag: Philippa Walz, Stuttgart
Auf holz- und säurefreiem Werkdruckpapier gedruckt
und gebunden von Clausen & Bosse, Leck
ISBN 3-608-93453-7

Jaap Scholten:
Achtzig
Roman

Aus dem Niederländischen von Gregor Seferens und Andreas Ecke

252 Seiten, gebunden, ISBN 3-608-93429-4

Jaap Scholten erzählt Frederiks Geschichte wie einen Film. In den achtzigsten Geburtstag seiner Oma legt Frederik alle Hoffnung. Achtzig – das wird groß gefeiert, wie es in seiner Familie, die durch ihre Textilfabrik in Twente zu Geld kam, üblich ist. Man hält gern an Traditionen fest. Frederik findet das alles zu protzig. Schon als Kind war ihm der Anblick der devoten Bauern peinlich, denen der Großvater nach der Jagd gnädig einen Fasan überreichen ließ.
Frederik ist dreiundzwanzig, und er hat einen Entschluß gefaßt: so ein Leben wird er nicht führen. In letzter Zeit denkt er häufig an seinen Vater, von dem er nur weiß, daß er die Familie verlassen hat und irgendwo Schafe züchtet. Er muß ihn finden. Da alle seinen Fragen ausweichen, hofft er, auf Omas Geburtstagsfeier einen gesprächigen Onkel zu treffen.

»Es ist lange her, daß ich für ein Buch meine Gesundheit aufs Spiel gesetzt habe. Aber manche Bücher machen süchtig und lassen einen einfach nicht einschlafen. Kein Schlaf also!«
Ronald Giphart / Het Parool

Klett-Cotta

Patrícia Melo:
O Matador
Roman
Aus dem Brasilianischen von Barbara Mesquita
239 Seiten, gebunden,
ISBN 3-608-93686-6

Alles fängt mit einer Fußballwette in einer Kneipe in São Paulo an. Ein blöder Zufall, daß der Typ so unglücklich fällt. Máiquels erster Mord. Er sieht sich schon im Kittchen. Aber nichts passiert. Im Gegenteil. Plötzlich ist er ein Held. Er lernt rasch. Die Reichen lassen es sich was kosten, das Gesindel, das ihre Luxusexistenz bedroht, zu dezimieren. Karriere als Killer. Er handelt wie im Rausch, verdient sich – nicht eine goldene Nase, sondern ein neues Gebiß. Bis er den Falschen umbringt...

»Ein Roman voller Blut und Gelächter, ein Thriller zum Verschlingen. Brillant!«
Le Nouvel Observateur

»Wie Kugeln pfeifen dem Leser die Worte um die Ohren. ›O Matador‹, der Debütroman der Brasilianerin Patrícia Melo, trifft mit jeder Seite. Ein fiebriges Buch des Leidens.«
AZ, München

Klett-Cotta